À QUOI PENSENT LES SAUMONS ?

DU MÊME AUTEUR

AUX ÉDITIONS PRESSES DE LA CITÉ

Y avez-vous dansé, Toinou ?
Le Marié de la Saint-Jean
La Nuit d'après
C'était ma petite sœur
Louise des Ombrages
Le Temps de l'enfance
Un jeune homme si tranquille

AUX ÉDITIONS ROBERT LAFFONT

Jeanne la Polonaise
1. *Jeanne la Polonaise*
2. *Il neige encore sur Varsovie*
3. *La Force des larmes*

Par un si long détour
Les Pêches de vigne
Les Saisons de Vendée
1. *Les Saisons de Vendée*
2. *L'Étoile du bouvier*
3. *Notre-Dame des Caraïbes*

La Malvoisine
Le Chemin de Fontfroide
Les Noces de Claudine
Les Lilas de mer, prix Charles-Exbrayat 2001
Les Sœurs Robin, prix du roman populaire
L'Orgueil de la tribu, Grand Prix catholique de littérature
Elle voulait toucher le ciel
La Flèche rouge
La Chanson de Molly Malone

(*suite en fin d'ouvrage*)

Yves Viollier

À QUOI PENSENT LES SAUMONS ?

Roman

Les Presses de la Cité

92, avenue de France – 75013 Paris
ISBN 978-2-258-20689-2
Dépôt légal : septembre 2023

À Claude et Bernadette Michelet, à notre complicité

Ce n'est qu'en entrant dans l'océan que la peur disparaîtra, parce que c'est alors seulement que la rivière saura qu'il ne s'agit pas de disparaître dans l'océan, mais de devenir océan.

Khalil GIBRAN, *La Peur*

Je ne suis pas responsable de ma naissance, de ma grand-mère, de mes parents, de la maison où j'ai grandi. J'ai eu de la chance. J'ai été porté, tout le temps, par les gens dont j'avais besoin au moment où j'en avais besoin.

J'ai eu Claude.

Jamais je ne me suis pris pour un héros. Qu'est-ce que c'est, un héros ? Je n'aime pas les héros. Je n'en ai rencontré nulle part. C'est pratique de s'en fabriquer. Ce que j'ai fait, je devais le faire. Il n'y avait pas de quoi s'imaginer tout un fromage avec mon histoire.

Quand j'étais enfant, dans les années 30, les vieux racontaient la guerre de 1870. Ils auraient parlé devant moi des batailles de Vercingétorix et Jules César, elles m'auraient semblé aussi proches. Leur guerre n'était pourtant pas plus éloignée que, désormais, la mienne. Alors ? Les jeunes d'aujourd'hui s'intéressent à leurs ordinateurs, leurs tablettes, leurs jeux, aux fusées sur la Lune et sur Mars, au climat, à la nature, et ils ont bien raison.

1

Je ne sais pas ce qui m'a vraiment décidé à entreprendre le voyage, là-bas. Il y a eu le résultat de mes analyses qui n'était pas bon. Mais, c'est étrange, c'est peut-être l'embolie de notre jument Bérengère, au mois d'août.

Aucun signe ne laissait présager une fin si brutale. Bérengère n'était pas de la première jeunesse. On avait vingt-trois ans de vie commune. Une année de vie de cheval correspond à trois ans et demi d'âge humain. Il faisait chaud. Bérengère était tombée en travers de la porte de la cabane et je ne l'ai trouvée que le soir. Les deux autres chevaux, Marquis et Pablo, avaient soif. Mais pour approcher l'abreuvoir à l'intérieur de la cabane, il aurait fallu qu'ils enjambent le corps mort. Ils approchaient et repartaient.

Je les ai appelés. J'étais détruit. Je n'étais pas encore allé chercher le tracteur pour enlever ma jument. Les chevaux ont horreur des cadavres. Ils couchaient les oreilles, venaient jusqu'à la porte, regardaient Bérengère et se balançaient d'un côté sur l'autre comme pour dire que ce n'était pas possible.

Ils se sont précipités pour boire lorsque j'ai pu déplacer Bérengère.

J'ai fait des cauchemars après sa mort, je me réveillais en sursaut. J'étais attelé à la charrette que Kader poussait. Quand j'étais de corvée de ramassage des cadavres, là-bas, cette ordure de kapo la faisait rouler sur les corps. Les chevaux sont-ils meilleurs que les hommes ? Je croyais m'être débarrassé de Kader depuis longtemps.

J'ai demandé à l'oncologue ce qu'il en pensait, lui. J'en ai dit quelques mots à Claude, un matin.

Son prénom est Marie-Claude, mais je préfère l'appeler Claude, c'est plus net. Marie-Claude a quelque chose d'entre deux. Nous sommes sûrs de nous être aimés, déjà, quand nous tétions nos mères. La première petite fille que j'ai vue, c'est elle. Nous sommes nés à deux mois d'intervalle, elle la première, à Fougereuse-d'en-bas, moi à Fougereuse-d'en-haut. Ma mère tenait une épicerie, autrefois il y avait des commerces, des cafés, des artisans jusque dans les hameaux, notre ferme-épicerie de Fougereuse-d'en-haut comptait, dans le pays. La mère de Claude arrivait avec son panier, son landau ou sa poussette et nous nous voyions.

Je ne sais pas si, un jour, Claude a pensé à elle avant de penser aux autres. C'est peut-être ça, le secret des femmes. Je ne sais pas si elles sont toutes comme ça. Je n'ai eu que Claude. Je n'en ai pas vraiment connu d'autres.

J'ai dit à ma femme que l'oncologue Grandcoin avait suggéré que, pour me débarrasser de Kader, il fallait peut-être que j'y retourne. Elle a ouvert ses grands yeux verts. On prenait le café. On a rarement manqué la cérémonie du petit déjeuner ensemble, une seconde tasse après la première pour la gourmandise, le carré de sucre entre les dents. C'est une manière d'accueillir le nouveau jour et de le partager. Elle a souri comme par politesse. Elle doutait de mon changement d'avis sur la question. J'avais toujours refusé de remettre les pieds là-bas.

Nous avions reçu des invitations. Les enfants ont fait le voyage. J'avais promis à Claude, quand nous nous sommes mariés, qu'à chaque fois que j'entendrais parler des camps je fermerais mes oreilles, je bloquerais les issues et ne prononcerais pas un mot.

Je refusais de répondre aux enfants quand leurs questions trop pointues essayaient de m'embarquer. Aliénor, ma grand-mère, a prévenu Claude le lendemain de notre mariage, elle est venue la trouver, elle avait de la remarque, elles faisaient ensemble notre lit de mariés dans la chambre. Elle a dit : « Mets-toi dans la tête que vous êtes un couple des camps, ma petite fille. » Ma santé était encore bien tic toc. « Si tu veux tenir Simon, ma fille, tu n'as qu'une solution : accepte d'être une déportée. Si tu y arrives, vous devriez avoir la chance de mesurer le temps à la croissance des arbres. »

Claude a souri de cette histoire d'arbres. Mais elle l'a fait, à l'instinct, elle est une tête aussi, elle est incapable de dire ou de faire quelque chose sans intention. Le camp ne nous a pas trop embêtés et nous pouvons avouer que nous avons été heureux ensemble. Les arbres ont poussé. Mais Aliénor avait raison, ce salaud de Kader était revenu pour me le rappeler, les années de camp étaient toujours avec nous.

Claude m'a dit en reposant sa tasse, le regard bref et je lui en ai presque voulu, qu'à une époque elle l'avait souhaité, ce voyage, même sans moi, avec les enfants. Maintenant, l'envie lui était passée.

On a attendu. Kader s'est invité encore, en même temps que mes quintes de toux devenaient plus violentes. Et c'est Claude, à l'automne, qui a demandé à Grandcoin :

— Vous pensez que si nous allions là-bas, ça pourrait soulager Simon ?

L'oncologue a hésité :

— Pourquoi pas ?

Il ne savait pas si on en était capables, à nos âges. Et après réflexion, en nous regardant l'un après l'autre :

— Si ça pouvait éviter d'avaler certains de mes cachets, ce serait déjà bien.

Claude a pris mon bras sur les marches de l'hôpital, à la sortie.

— Si ça pouvait te guérir aussi, mon Dieu !

Il avait plu pendant le rendez-vous avec le médecin. Des femmes traversaient le parking les parapluies ouverts parce que quelques gouttes tombaient encore. On était là, à l'abri sous l'avant-toit de l'esplanade de l'hôpital. J'avais trouvé un stationnement pour la voiture dans l'allée, tout près, sous un arbre qui avait collé des feuilles jaunes sur le pare-brise et le toit. On ne savait pas ce qu'on attendait. Claude a laissé glisser sa main et m'a serré le bout des doigts avec tendresse. Mes doigts étaient plus froids que les siens, comme d'habitude. Quand nous avions quinze ans, elle me répétait : « Mains froides, cœur chaud. » Et c'est à ce moment-là sur les marches, je crois, que sans nous expliquer davantage c'est devenu une évidence, il n'y avait plus à hésiter, nous allions entreprendre ce voyage.

2

Je me suis tiré autrefois de situations au moins aussi périlleuses. Mais ça, c'était avant. Avant que je sois vieux.

Claude a suggéré que nous partions en train ou en avion. En train, il n'en était pas question, même si on me payait le billet, ça me rappellerait trop leurs wagons à bestiaux.

Pourquoi pas l'avion ? Mais en avion nous serions transportés là-bas d'un seul coup. On ne verrait rien, que le camp dont il ne devait pas rester grand-chose. J'ai proposé :

— Et si nous y allions avec le pick-up ?

Elle a cru que je plaisantais.

— Ce n'est pas si loin. En gros mille cinq cents kilomètres. Nous prendrons notre temps.

Elle m'a envoyé chez le buraliste, en même temps que j'achetais mes cigarettes, prendre une carte routière de l'Europe que nous avons dépliée sur la table de la cuisine. Bien sûr, le village trop petit n'était pas indiqué. Elle a ressorti son vieil atlas détaillé d'institutrice et on le voit très bien au bord du Danube.

Mais la vraie question que nous nous posions a été : est-ce que c'était possible à quatre-vingt-six ans bien mûrs, on était en octobre, Claude en aurait quatre-vingt-sept en février, moi en avril, de nous lancer dans cette aventure ? Nous conduisons tous les deux. Le pick-up me servait surtout à aller de notre hameau de Fougereuse au village de Saint-Georges, quelquefois à la ville de La Roche à vingt kilomètres. Il m'était utile surtout à transporter les round-ballers de foin dans la cabane des chevaux au bord de la rivière.

Notre dernier grand voyage datait d'un peu plus d'un an, à Versailles chez notre fils Emmanuel. J'ai pris le téléphone et j'ai rappelé l'oncologue. Il m'avait donné sa ligne directe et invité à ne pas hésiter si j'avais besoin. Nous avions sympathisé, Grandcoin et moi, quand il m'avait confié que son grand-père avait été un paysan du centre de la France, du côté de Riom, et que son père, vétérinaire, l'avait emmené avec lui dès qu'il avait pris un peu d'âge pour l'aider au vêlage des belles vaches acajou, salers. Il avait failli suivre la voie paternelle et avait finalement choisi la médecine. Je l'avais plaisanté en lui disant qu'il avait la carrure à opérer dans les étables, la toile blanche de sa blouse était tendue à craquer sur ses larges épaules.

Il a hésité au téléphone quand je lui ai parlé de partir en voiture. Il a mon passé noir sur blanc dans mon dossier médical. Il m'a demandé si Claude conduisait aussi, quel était notre véhicule.

— Un pick-up Chevrolet.

J'ai entendu son rire.

— Vous êtes prudent, Simon ? Vous ne vous prenez pas pour Alain Prost ?

Il a conclu qu'après tout, pourquoi pas, si ma santé se maintenait comme maintenant, c'était possible.

Claude a murmuré que ce serait une folie. Et puis en regardant la carte :

— Si j'étais sûre que ça pouvait te faire du bien !

C'est tout Claude. Elle a levé les yeux et, avec un sourire content :

— On est fous, complètement fous ! C'est ce que diront les gens.

— On s'en fout des gens.

— Tu crois que tu y arriveras ? C'est loin.

— Si l'oncologue est d'accord.

— Et les enfants ?

— Ils diront ce qu'ils voudront.

Elle a demandé :

— Quand ?

On était au début d'octobre. J'ai dit que ce serait bien, au plus tard avant la fin du mois, la neige pouvait tomber en novembre là-bas. Et quand elle tombe, ce n'est pas pour rire.

L'incroyable, c'est qu'à partir de ce jour-là, je me suis trouvé mieux. Kader s'est évanoui dans la nature. J'ai mieux dormi. Je n'ai presque plus toussé. Ça nous a complètement décidés.

Claude a préparé nos sacs. Elle peut être fourmi aussi. Qu'est-ce qu'elle ne peut pas être ? Je l'ai entendue chanter. Quand elle chante, elle chante juste. J'allais bien. Je me levais le matin du bon pied. C'était comme si on partait en vacances. Il y avait un peu de ça, d'ailleurs.

J'ai conduit le Chevy chez Mathieu, le mécanicien de Saint-Georges. Il suit le pick-up depuis le début et le connaît comme sa poche. J'aime bien Mathieu. C'est un mécano à l'ancienne et notre expédition à notre âge lui a convenu. Il n'est pas de la première jeunesse non plus. Il a dit en suçant la Camel que je lui avais offerte :

— Le Chevy a roulé sa bosse comme toi, mais il tient encore la route.

Il a ri.

— Il n'y a plus de vieillesse !

Il savait que j'étais malade. Je ne le cachais pas. On a remplacé le train de pneus qui auraient pu rouler encore. Mathieu était d'avis avec moi que des crampons neufs, éventuellement sur la neige ou la glace, ne seraient pas de trop. On a ajusté sur la plate-forme le grand coffre à bagages qui prenait la poussière dans la grange.

3

On a attendu pour prévenir les enfants. C'était le plus compliqué.

J'ai téléphoné à Lucien, je savais que ça serait plus facile avec lui. On a travaillé ensemble à la ferme pendant vingt ans et on s'est toujours bien entendus. C'est à partir de la naissance de Lucien que j'ai été vraiment débarrassé des restes des saloperies de là-bas. Il a fallu que Claude ait le ventre rond comme un ballon de plage. Ç'a été long. On a attendu l'enfant pendant cinq ans. On finissait par croire que ce que j'avais enduré le rendait impossible.

Lucien s'est engagé dans le syndicalisme agricole et humanitaire. Il fait toujours tout à fond. Il a lâché Fougereuse en même temps que je donnais les terres à faire. Son bureau est maintenant au siège de la FAO, à Rome. C'est une bonne nature, un gars (je ne devrais pas penser un gars, il a passé cinquante ans) sensible, une sorte de compromis entre sa mère et moi (le sensible c'est sa mère). Il a été surpris d'abord, on le serait à moins, et puis il s'est mis à rire.

— Il n'est jamais trop tard pour bien faire, papa. Maman est d'accord ?

Il a dit que nous lui donnions envie de recommencer le voyage. Un déplacement programmé à Vienne avait été remis plusieurs fois, il allait essayer de le faire coïncider avec notre séjour et il nous rejoindrait sur place avec sa femme.

Claude a téléphoné à Emmanuel, notre cadet. Tout est toujours une affaire avec lui. On peut dire que c'est un emmerdeur (il le tient probablement de moi, on ne se refait pas). Il a dix-huit mois de moins que son frère. C'est plus fort que lui, il faut qu'il cherche la petite bête. Il a pourtant eu la vie la plus douillette. J'étais complètement remis quand il est né.

Les qualités ne lui manquent pas. Il a réussi dans les études. Peut-être qu'il a eu la vie trop facile. Il est responsable des relations humaines dans un laboratoire pharmaceutique et habite Versailles avec sa femme et ses trois enfants. Quand on va chez lui on se promène dans des rues aux noms magiques, boulevard de la Reine, passage de la Geôle, chemin des Fausses-Reposes, avenue Fourcault-de-Pavant.

Il a répondu à sa mère par un sec :

— On vient.

On ne l'a pas attendu longtemps. Il est arrivé à Fougereuse le dimanche suivant, sa femme, Gisèle, était avec lui. Je pense qu'il était sûr de nous faire changer d'avis.

Il a pris ses grands airs de DRH et commencé par s'emporter contre son frère complètement irresponsable, comme d'habitude. Il a insisté pour que nous prenions le train ou l'avion, il était prêt à nous payer les billets, son travail le bloquait, sinon Gisèle et lui nous auraient accompagnés. Il a voulu qu'on reporte le voyage au printemps, la circulation sur les routes en hiver là-bas était impossible. Il est allé voir le Chevy et a relevé les éclats de rouille et les quelques rayures sur la carrosserie, et je comprenais qu'il parlait plutôt de nous.

Alors je l'ai invité gentiment à cesser sa comédie. J'ai admis qu'il aurait sans doute été plus tranquille si son vieux père avait consenti à rester sagement assis avec un peloton d'infirmières autour de lui, mais j'étais désolé de le décevoir, on allait faire ce voyage, sa mère et moi, on l'avait décidé. Je ne l'avais pas embêté jusque-là avec mes histoires. Il pourrait toujours interroger Claude après, elle racontait mieux que moi. S'il m'arrivait, ou s'il nous arrivait quelque chose, ça nous regardait. Après, je le promettais, je l'écouterais, je ne bougerais plus.

Il a profité de ma sieste pour essayer de convaincre Claude, qui s'entend bien avec Gisèle et l'appelle souvent pour ses recettes de cuisine. Il lui a parlé de ma maladie et, à demi-mot, lui a reproché son inconscience. Qu'est-ce qu'elle ferait si brusquement mon état s'aggravait ? Il lui a parlé aussi de notre âge et des autoroutes allemandes à quatre, cinq ou six voies.

Claude sait se défendre. Elle a reconnu en souriant qu'il y avait sûrement une large part d'inconscience chez elle, mais que c'était grâce, ou à cause de cette inconscience que son fils qu'elle aimait beaucoup était là aujourd'hui, mais elle n'appréciait pas qu'il lui parle sur ce ton. Nous avions quatre-vingt-six ans sans doute, mais nous n'avions pas perdu l'esprit, elle était allée chez l'oncologue et elle était d'accord avec le médecin pour penser que, si ce voyage pouvait me faire du bien, il fallait le faire. Maintenant d'ailleurs elle en avait envie, sa décision était prise, et rien, sauf ma maladie, ne la ferait changer d'avis, elle voulait tout savoir, pour ne rien regretter. Et s'il fallait conduire le Chevy en Allemagne, elle le conduirait.

Son permis de conduire était toujours valable. Elle avait la chance d'avoir une bonne vue. Elle n'était pas encore impotente. Il lui arrivait de prendre le volant du pick-up, même si, c'était vrai, elle préférait sa petite voiture moins encombrante.

Emmanuel a quand même obtenu qu'on lui téléphone tous les soirs pour lui raconter notre journée. Mais ça, de toute manière, c'était prévu.

J'ai demandé à notre neveu de Fougereuse-d'en-bas de s'occuper des chevaux pendant notre absence et de nourrir le chien. Il fait désormais nos terres depuis que Lucien est parti. Nous n'avons gardé que les pâtures du bord de la rivière pour les chevaux. Sa femme a été d'accord pour donner aux poules et lever les œufs. Ils nous appellent aussi quand ils s'absentent. Notre relation est une relation normale de voisins qui s'entendent, d'autant plus avec des gens de la famille.

Grandcoin a confirmé son feu vert à notre ultime visite et il a prescrit la réserve de médicaments nécessaire à notre séjour. Ma bonne mine lui a plu. Il a convenu que la psychologie pouvait opérer des miracles, je devais être expert en la matière, il avait lu mon dossier, je m'étais déjà sorti d'affaire à force de volonté, autrefois. Il est sorti de son cabinet et nous a accompagnés dans le couloir de l'hôpital. Il nous a demandé alors que nous attendions l'ascenseur de lui envoyer une carte postale. Je lui ai suggéré qu'ils devraient élever des chevaux pour soigner les gens, cette médecine ne coûterait pas cher. J'avais lu un article là-dessus. Il a répondu que j'avais peut-être raison.

4

Je suis descendu charger les râteliers des chevaux immobiles dans la pâture avant le jour qui ne venait pas. Le ciel était gras de pluie.

La tempête avait été annoncée. L'oncologue avait donné son feu vert depuis une semaine. On avait hésité à reporter notre départ d'un jour ou deux mais repousser c'était donner encore un peu plus de place au général Hiver, là-bas. Loulou me collait aux talons, si près que parfois les pans de mon caoutchouc lui heurtaient la truffe et il gémissait. Il flairait que ce matin n'était pas comme les autres et ne me lâchait pas.

Il s'est faufilé quand j'ai ouvert la porte du garage et a sauté dans la cabine du pick-up avant moi. Debout sur le siège, il s'est ébroué.

— Arrête ! Tu vas voir, tout à l'heure, quand Claude découvrira la banquette toute mouillée !

Les sacs étaient alignés sur les tommettes rouges du couloir. Claude a préféré des sacs, plus faciles à manipuler que des valises encombrantes. J'ai demandé :

— Je charge ?

Elle m'a répondu de l'intérieur de la maison.

— Vas-y !

Ils étaient nombreux. Je lui avais pourtant dit que, lorsqu'ils m'avaient transporté là-bas, je n'avais emporté que ce que j'avais sur le dos. Elle avait répliqué :

— Et qui est-ce qui se plaindra s'il manque quelque chose ?

Quand je suis revenu dans la cuisine, j'ai vidé dans ma tasse le reste de la cafetière encore tiède.

J'ai pensé en caressant la tête du chien que, d'une façon ou d'une autre, quand nous reviendrions, nous ne serions pas tout à fait les mêmes. Il me semblait, alors qu'on était sur le départ, qu'on avait attendu depuis longtemps ce moment sans le dire, et ça me faisait quelque chose dans le ventre, à la fois du bonheur et de la tristesse de ne pas l'avoir entrepris plus tôt. Nous allions partir maintenant et, puisque nous l'avions voulu, il n'était pas question que je fasse à demi le chemin à l'envers, Claude attendait ça de moi, et je n'ai pas l'habitude de faire les choses à moitié.

Elle est arrivée et m'a trouvé la tasse de café dans une main et la tête du chien dans l'autre, songeur. Elle m'a demandé :

— Qu'est-ce qu'il y a ?

Je lui ai souri.

— Rien.

J'ai pris Loulou par le collier.

— Je vais attacher le chien.

Loulou refusait, freinait des quatre pattes, gémissait. Tous les chiens de Fougereuse se sont appelés Loulou. Tous un pelage noir avec, quelquefois, une tache blanche sur le râble ou une chaussette à un pied selon les générations.

Sa chaîne est fixée au pilier de l'auvent du bûcher. Je lui ai dit de ne pas s'inquiéter, on ne serait pas partis longtemps, le neveu viendrait s'occuper de lui, il le connaissait, il était gentil, le neveu.

Loulou a aboyé.

— Couché ! Calme-toi.

Loulou a obéi, s'est allongé sur le ciment, a agité la queue, couiné. Je l'ai caressé, j'ai éprouvé encore, comme avant avec les chevaux, cette chose dans le ventre que je ne voulais pas. Je devenais vraiment très vieux.

J'ai ajouté quelques croquettes à la gamelle et me suis sauvé sous la pluie qui battait.

Claude m'a reproché de ne pas avoir pris le parapluie, j'étais tout mouillé. Elle m'a accompagné dans la salle de bains, frotté la nuque, le cou, avec la serviette.

— Ce serait intelligent d'attraper du mal le jour du départ !... Coiffe-toi.

Elle avait déjà noué sous son menton son écharpe de cachemire rouge. J'aime cette écharpe qui lui met de la couleur sur les joues. J'ai voulu la tirer contre moi. Elle s'est écartée.

— Tu sens le chien.

Tout était en place dans la maison. Sur la toile cirée, les clés de la grange et des dépendances pour le neveu. Elle a finalement passé le bras autour de ma taille et laissé aller sa tête une seconde contre mon épaule.

— On y va ?

Ma canadienne était sur le dossier de la chaise.

— Mets-la. Tu l'enlèveras plus tard.

Elle a pris le parapluie. J'ai éteint la lumière.

Il faisait bon déjà dans le pick-up dont j'avais laissé tourner le moteur. Les phares ont balayé la cour, le portail de la grange, le pavillon où les enfants s'installent désormais quand ils viennent en vacances. J'ai dit que je ne suis jamais passé devant le pavillon sans penser à Jacky. C'était là, chez nous, que ses parents ardennais s'étaient réfugiés avec sa sœur et lui en mai 1940. Jacky m'avait promis qu'après la guerre il m'inviterait là-haut, chez lui. Il parlait d'Albert Batteux qui jouait inter à Reims. Batteux a fait une belle carrière d'entraîneur après la guerre.

Jacky avait mon âge. Il était arrivé à Fougereuse avec un ballon dans les pieds. Les Ardennais ont importé la culture footballistique dans nos villages. Il filait, balle au pied, dribblait, droite, gauche, aussi bon du pied droit que du gauche, quand on rentrait des champs. Il voulait que je me place devant le portail noir de la grange qui nous servait de but. Il se reculait en comptant les onze mètres réglementaires du penalty et, à chaque fois, avant de s'élancer, avec son accent traînant des Ardennes :

— Putain, on les aura !

Et il me balançait le tir boulet de canon qui me collait au portail, lorsque je l'arrêtais.

5

La pluie s'est mise à tomber de plus belle, à seaux, lorsqu'on a tourné vers la grand-route. Les essuie-glaces du Chevy ne fournissaient pas. J'avais prévu de partir au petit jour parce que je n'aime pas trop conduire avec les phares mais, avec ce temps-là, j'étais bien obligé, ce matin.

Claude a sorti le chiffon de la boîte à gants et, en essuyant la buée sur les vitres, elle a dit qu'il faisait à peu près le même temps, un peu moins froid, le jour où on était partis, Jacky et moi. C'était vrai, elle nous avait accompagnés à la gare. Elle avait obtenu, je ne sais pas par quel boniment, elle était capable de ça, une permission exceptionnelle de sortie du collège Saint-Joseph où elle préparait le BE, le brevet élémentaire d'institutrice.

— À cause de la pluie, je ne savais pas si tu pleurais.

— Si, tu le savais !

Je le savais, mais ça m'arrangeait d'être dans le doute. La légende n'est pas vraie de tous les Français devenus capitulards et collabos après la défaite. Cette manie de se dénigrer comme ça est insupportable. Les Français étaient patriotes. Les monuments aux morts ont poussé comme des champignons dans les villages quand j'étais gamin. Les maîtres d'école nous accompagnaient en rangs le 11 novembre. Le premier de la classe lisait à haute voix les noms en lettres blanches sur les plaques. Ça m'est arrivé. Les veuves étaient là, les mères, les orphelins, les gueules cassées, les jambes et les bras de bois. Ma grand-mère Aliénor avait sa robe noire. Il faisait toujours froid le 11 novembre, il me semble. Le clairon de la fanfare soufflait « Aux morts ». Nous avons été élevés à cette sauce-là, les filles et les gars.

— La différence, dit Claude, c'est que les filles n'avaient pas le droit de lire les noms.

C'est vrai. Pourtant les filles étaient-elles moins patriotes ? Ma grand-mère Aliénor a crié, quand elle a entendu le maréchal Pétain demander « le cœur serré » de « cesser le combat » : « Les discours du maréchal ne sont pas paroles d'évangile. Les Français feront ce qu'ils voudront. On n'est pas obligés de capituler avec lui ! »

J'ai surtout été élevé par ma grand-mère, mon père et ma mère étaient souvent pris par la ferme et l'épicerie. Et j'ai entendu raconter cent fois que, le jour où le maire est venu en 1916, au début de l'après-midi, lui annoncer qu'après son premier fils Eugène, Jacques, son cadet, avait été tué aussi, elle a lié les bœufs et elle a labouré tout l'après-midi et la moitié de la nuit en chantant des cantiques. Mon père est né le troisième, il a été épargné parce qu'il était trop jeune pour faire la guerre.

J'ai grandi à Fougereuse sous les regards de ces deux oncles, les deux grands fils aînés d'Aliénor, tués à un mois d'intervalle sur la Somme et à Verdun. Leurs portraits avec leurs médailles sur la hotte de cheminée nous regardaient vivre. Alors, quand les Allemands se sont installés chez nous, en 40, qu'est-ce que je pouvais souhaiter d'autre que partir, m'engager ?

Je n'avais que seize ans, c'est vrai, mais les seize ans de l'époque n'étaient pas tout à fait ceux de maintenant. Mon père, ma mère, ma grand-mère n'ont rien trouvé d'anormal à ça. J'étais pourtant fils unique, la prunelle de leurs yeux. Je n'étais pas l'exception. D'autres sont partis aussi. Jacky est venu avec moi.

Notre objectif était de rejoindre l'Angleterre par l'Espagne, on prétendait qu'il y avait des pistes de ce côté-là. Pour l'instant, par bateau à partir de notre océan c'était mission impossible.

Notre expédition n'a pas été une réussite, je le reconnais. Encore une fois, je n'avais que seize ans et je n'avais jamais quitté Fougereuse. Claude m'a rappelé que mon nez pissait comme une fontaine sous la pluie à la gare, ce matin-là – j'ai souvent saigné du nez quand j'étais jeune –, et que j'avais rempli mon mouchoir, elle m'a prêté le sien et je suis parti avec. On a franchi la ligne de démarcation à travers bois, conduits par une jeune femme de Sers, commune de Villebois-Lavalette en Charente, et on a piqué vers le sud.

Les communes avaient ouvert des foyers sur la côte catalane. Les réfugiés affluaient de partout, des Espagnols, des résistants, des repliés du Nord. On a traversé la frontière par la montagne du cap Cerbère en compagnie de Rosa, une fille de Perpignan, qui parlait le catalan et ça nous a servi pour pas mal de choses. La Catalogne était en ruines. On a dormi sous des toiles de tente et des toits de tôle, mangé du pain dur trempé dans du lait de chèvre, c'était déjà ça. Un camionneur nous a invités chez lui à Barcelone et on a couché dans la cabane près de la soue du cochon qui était la richesse de ces gens. Pendant deux nuits l'animal a reniflé et grogné par les trous de la cloison aux planches mal jointes.

À Madrid, alors que nous demandions la gare du Portugal, deux gendarmes de la Guardia Civil se sont approchés de nous avec leurs chapeaux tricornes. Ils nous ont emmenés au dépôt de la Puerta del Sol, puis au centre de détention de Santa Cruz. Rosa a été envoyée à la prison des femmes et on ne l'a plus revue. On a été condamnés à deux mois de prison pour un motif que nous ne connaissions pas puisqu'on n'avait pas été entendus.

Santa Cruz était un ancien couvent aménagé en centre de rééducation pour les jeunes. Les plus âgés des détenus avaient trente ans. Nous étions un peu plus d'une centaine enfermés dans la chapelle avec un seul chiotte à la turque derrière l'autel, une litière de paille sur les dalles. À vrai dire, je n'ai pas été si malheureux à Santa Cruz. J'étais curieux de ce qui se passait. J'ai toujours été curieux de tout et j'apprenais. Je remontais le moral à Jacky.

Notre grand pantin de capitaine à moustaches brunes nous alignait chaque matin dans le cloître en criant : « Arriba Franco ! Arriba España ! », et on répétait après lui, et on s'ébranlait en chantant l'hymne de la Phalange espagnole, « Cara al sol con la camisa nueva… », vers les salles de rééducation. Des arêtes de poisson ou du suif de porc nageaient à midi dans les bidons de soupe. Le soir, on nous donnait un quignon de pain à la sciure de son. On était les seuls Français dans la chapelle. Un grand Christ en croix ouvrait ses bras sur le mur derrière l'autel. Quand le soleil brillait, le matin, il faisait froid, c'était l'hiver 40-41, les vitraux lui badigeonnaient le corps de sang et d'or.

Deux gendarmes nous ont menottés à eux au bout de deux mois et nous ont reconduits à la frontière et remis au commissaire du cap Cerbère. Et on a refait le chemin, on est rentrés à Fougereuse, pas fiers, non, pas fiers, mais pas abattus pour autant, bien décidés à retenter notre chance dès que l'occasion se présenterait.

6

Les averses ont continué de battre la route pendant toute la première journée de notre voyage. Le Chevy n'était pas habitué à des 130 sur autoroute par un temps pareil et les files de camions qui nous bloquaient balançaient sur le pare-brise des giclées de gouttes sales que les balais des essuie-glaces étalaient en éventail.

On a mangé dans la cabine les œufs durs et la salade riz-thon du déjeuner, préparée par Claude. On mangerait notre content de la grande bouffe des aires d'autoroute après, disait-elle, et j'étais bien de son avis. Elle avait apporté une demi-douzaine de cassettes de chanteurs et musiques, même si l'autoradio du pick-up a un peu de mal à enrouler.

J'ai toussé après le pique-nique et Claude, qui fume aussi, moins que moi, a accusé les cigarettes. Elle n'aime pas me voir en allumer une au mégot de celle d'avant. Elle dit qu'elle arrêtera le jour où je m'arrêterai. Nous avions descendu les vitres du Chevy pour évacuer la fumée. Grandcoin ne m'a pas embêté avec le tabac. Il m'a interrogé seulement lorsqu'il m'a examiné la première fois :

— Qu'est-ce que vous fumez comme cigarettes ?

— Des américaines, avec le chameau sur le paquet. Toujours. C'est comme une madeleine pour moi, ça remonte à longtemps, quand j'étais là-bas.

Il m'a fixé en hochant la tête et n'a pas demandé davantage d'explications, il ne veut pas m'empêcher de vivre. Il m'a seulement recommandé de ne pas abuser, comme pour le café. La cigarette m'a fait du mal, il le sait, moi aussi, mais le mal est déjà fait.

La quinte de toux dans le pick-up a passé vite. Mais Claude a compris comme moi que la maladie n'avait pas disparu. On a sans doute un peu trop rêvé. On profite de la parenthèse. J'ai redémarré le pick-up.

L'objectif de la première étape était Reims et on y est arrivés malgré tout. On voulait voir. En avion, qu'est-ce qu'on aurait vu ?

Un dimanche, à table, à Fougereuse après la guerre, j'ai parlé, je ne sais plus pourquoi, d'un de mes passages à Reims en mission pour le colonel.

« Tu as vu l'Ange au Sourire de la cathédrale ? » a demandé Aliénor.

J'étais venu à l'un de nos rendez-vous par le train et j'avais aperçu la cathédrale de loin. J'avais d'autres occupations que le tourisme. Aliénor s'est levée de table. Elle avait beaucoup baissé, elle ne se déplaçait plus qu'appuyée sur deux cannes. Elle est revenue avec un vieux numéro de *L'Illustration*, que j'ai encore, où on voit les photos de la cathédrale ravagée par les bombardements et l'incendie de 1914.

On y racontait que la tête de l'ange décapité par une poutre de l'échafaudage en flammes a éclaté après une chute de plus de quatre mètres et que les gens de Reims ont pieusement ramassé les morceaux. Ils les ont rangés en sécurité dans une cave et ont permis la reconstitution après la guerre. C'est sûr que je dois beaucoup à ma grand-mère, elle était avec moi pendant que mon père et ma mère couraient à leur travail. Elle priait les anges. J'y ai cru avec elle. Un matin, la sœur Marie-Marthe, qui dirigeait la classe des petits, qu'on appelait alors l'asile, m'a dit en vérifiant que j'avais boutonné mon paletot pour sortir à la récréation : « Tu as de la chance, mon petit Simon, tu as un bon ange gardien. » De quoi parlait-elle ? À quoi voyait-elle ça ? Est-ce que j'avais un ange perché sur mon épaule ? Quand nous récitions la prière du soir, c'était souvent Aliénor qui venait me border, elle terminait toujours par quelques mots doux à mon ange gardien. Je crois que, si les anges existent, je n'en ai pas eu qu'un, j'en ai eu un sur chaque épaule qui se sont relayés à tour de rôle et m'ont tiré d'affaire quand la situation était mal engagée.

On est restés un moment immobiles, Claude et moi, sans rien dire, devant l'Ange au Sourire de Reims avant de repartir. Il ne pleuvait plus. Le soleil éclairait d'une lumière d'or les pierres de la cathédrale. Et puis Claude a bougé :

— Tu crois que l'artiste avait un modèle d'homme ou de femme pour son ange ? Il lui a réussi un sourire d'enfance, comme de quelqu'un qui aurait vu Dieu.

J'ai pensé qu'il y a des beautés, des moments comme ça, suspendus, qui vous aident à vivre. J'ai pensé encore que si on était aussi émus c'était à cause du voyage.

7

On a dormi le deuxième soir dans un hôtel d'autoroute en Allemagne déjà, du côté de Stuttgart. J'ai la chance d'être bon dormeur. J'ai rarement eu besoin d'attendre le sommeil. Jusqu'à un âge avancé, il m'a suffi de fermer les yeux, n'importe où, à n'importe quelle heure. Lorsque je circulais pour le colonel, je profitais de la moindre occasion, quelquefois debout contre un mur, je dormais trois minutes, cinq minutes, et je repartais. Je racontais alors que j'aurais été capable de dormir en enfer. J'ai pu le vérifier par la suite. C'est peut-être ce qui m'a permis d'en revenir. Avec les années, les choses sont devenues un peu plus compliquées, mais je ne me plains pas.

Pour Claude, c'est une autre affaire. Elle reste des heures sans dormir, sans raison, explique-t-elle. Elle les a cherchées ces raisons, elle les a attribuées au temps, à la lune, au café, au chocolat, à ce qu'elle buvait ou mangeait. Elle souffre depuis trois ou quatre ans de ce qu'elle appelle « des impatiences », c'est plus fort qu'elle, c'est dans les jambes, il faut qu'elle bouge, qu'elle se lève, qu'elle marche. Je me doutais que les changements de lit dans les chambres d'hôtel ne l'aideraient pas à dormir. Je l'ai vue debout, au milieu de la nuit, dans notre chambre de Stuttgart. Je l'ai questionnée et elle m'a répondu :

— Dors, ne t'inquiète pas, dors, tu conduis demain.

Quand j'ai tourné la clé de contact du pick-up, le matin au moment de repartir, le moteur a toussé et refusé de redémarrer. J'ai réessayé. Le toit du Chevy était blanc de givre, le pare-brise aussi que Claude commençait à gratter avec la spatule. Le temps avait changé, mais il ne faisait pas si froid. Le moteur du pick-up tournait comme une montre depuis deux jours. Claude avait noué son écharpe de cachemire sur sa tête et ses oreilles.

J'ai soulevé le capot, et j'ai tout de suite compris. Une mousse blanche recouvrait les bouchons de la batterie, que j'ai nettoyés au chiffon. Ils m'ont donné une bouteille d'eau à la réception de l'hôtel pour recharger les compartiments. Mathieu, le mécano, avait hésité à remplacer la batterie, mais elle n'était pas si vieille, il pensait qu'elle tiendrait le coup. J'ai revissé les bouchons, je suis remonté dans le pick-up. Le moteur a hésité et est reparti.

Je toussais à cause du froid. J'ai demandé à Claude de garder le pied sur la pédale et d'accélérer si le moulin ralentissait et je suis allé remplir une autre bouteille à l'hôtel en cas de besoin. Le pot d'échappement lâchait un petit nuage. J'ai dit à Claude en prenant le volant que cette batterie risquait de nous embêter encore.

Le soleil peinait à sortir, la lumière était blanche comme du lait renversé. Les essuie-glaces ont fini de chasser les poussières de givre quand on a débouché sur l'autoroute.

— C'est curieux, ce pick-up qui tombe en panne le matin de notre première nuit en Allemagne, a dit Claude.

Et moi :

— Mathieu m'avait prévenu. Il m'avait recommandé de surveiller le niveau de l'eau.

Et puis :

— J'aurais aimé que le colonel m'envoie ici, pour voir comment ils vivaient, à l'époque. Mais c'était trop risqué. Je ne parlais pas la langue. J'en ai bien profité ensuite.

La batterie a continué de cracher sa barbe autour des bouchons. À chaque halte j'ouvrais le capot et rajoutais de l'eau. J'hésitais à arrêter le moteur. Bravement pourtant, le Chevy redémarrait. Nous n'étions plus si loin. Claude avait déplié la carte routière sur ses genoux, le doigt appuyé sur l'endroit où nous nous trouvions. Il fallait que le Chevy tienne jusqu'au bout. On trouverait bien un garage pour nous dépanner, là-bas.

On s'est arrêtés pour déjeuner après Munich et, là, j'ai toussé. On avait mangé nos sandwichs dans le pick-up, tranquilles, comme d'habitude. Je suis allé chercher des gobelets de café et de l'eau à la cafète. Et quand je suis revenu vers le pick-up, j'ai senti que j'allais tousser.

J'ai accusé l'acidité des oranges du dessert. Claude a prétendu que c'était la fatigue à cause de la circulation infernale sur le périphérique de Munich. Elle a supposé aussi que ça pouvait être la proximité de l'arrivée. La campagne ressemblait déjà à ce que je connaissais, on roulait dans des vallées vertes entre des forêts de sapins noirs, et il y avait ces énormes gasthaus, ces enseignes gothiques et ces grosses fermes allemandes aux étables fondues dans les habitations.

Ce qui m'a surtout secoué, je crois, c'est la Mercedes stationnée sur l'emplacement du parking à côté de nous lorsque je suis revenu de la cafète. Un couple en descendait, costumé comme pour la noce. Mais quand l'homme a ouvert la porte arrière j'ai vu ce grand chien noir, qui a bondi comme un diable, que l'homme a eu du mal à tenir en laisse. Je ne sais pas pourquoi (si, je le sais), notre Loulou est un chien noir, mais celui-là avait dans les muscles et dans les yeux une violence, une sauvagerie qui m'a fichu un coup. J'ai fermé notre portière et j'ai commencé à tousser.

— Boutonne-toi, m'a commandé Claude en tirant sur le pan de ma canadienne.

J'ai mis le nez dans mon gobelet pour profiter de la chaleur du café et me réchauffer la gorge, mais j'ai toussé encore. Claude m'a pris le gobelet que je risquais de renverser.

— Démarre le moteur. Mets le chauffage. Il fait froid.

Elle a ouvert la trousse de médicaments et m'a tendu le cachet et la bouteille d'eau. J'ai vu comme j'étais déjà rouge dans le rétroviseur. J'ai gobé le cachet, respiré, repris mon souffle, me suis raclé la gorge, j'ai cru que ça allait passer, mais la toux est revenue, par quintes insidieuses, de plus en plus crues. Ça me fait dans ces moments-là comme si j'avais un noyau dans la gorge, qui monte et qui descend bien bas, et qui râpe.

Claude essayait d'être calme mais j'ai vu qu'elle n'était pas tranquille. Lorsque je tousse j'ai les tendons et les veines qui saillent le long du cou. Ça a duré. J'ai pressé la serviette des oranges sur ma bouche. Elle m'a proposé de boire encore un peu. Je lui ai fait signe que, pour l'instant, c'était impossible.

Le couple des Allemands est revenu avec le chien. La femme serrait son boléro et son étole contre sa gorge. Elle a détourné les yeux quand elle m'a vu la serviette sur la bouche. L'homme a ouvert la porte au chien qui a sauté dans la voiture. Claude s'est décidée, elle a cassé un autre cachet en deux dont elle m'a tendu la moitié. La Mercedes a reculé. Le chien était couché sur le siège. Il a tourné vers moi ses yeux jaunes et il a regardé la route.

Je crois que j'ai toussé à cause du chien. J'ai gardé un moment la serviette sur le visage et la toux s'est calmée, enfin. J'ai pensé : maintenant que le chien est parti.

Claude m'a demandé si je voulais mon café refroidi. Je le voulais bien. Nous avions prévu de faire une petite sieste après le déjeuner sur le parking. J'ai dit que je préférais repartir, on s'arrêterait un peu plus loin.

J'avais entrouvert la portière. L'air frais entrait dans la cabine et me faisait du bien. Claude a froncé les sourcils, elle craignait que je prenne encore froid.

— Tu me trouves si mal en point que ça ?

— Non, je veux seulement que tu sois bien.

Je suis allé déposer le gobelet dans la poubelle du parking. J'ai enlevé ma canadienne que j'ai posée sur le dossier du siège. Des hommes et des femmes entraient et sortaient de la cafétéria, les véhicules arrivaient et repartaient.

— À quoi pensent ces Allemands ?

— Aux mêmes choses que tout le monde, que le vent est froid, le café et le thé brûlants, qu'ils ont encore de la route à faire, que s'ils avaient de l'argent ils achèteraient une voiture plus confortable, qu'ils n'ont pas encore téléphoné aux enfants qui attendent de leurs nouvelles.

— Et ces deux vieux qui se tiennent par le bras comme nous tout à l'heure ?

— Ils pensent que la crème de la forêt-noire qu'on leur a servie était douteuse, les éclats de cerises manquaient d'eau-de-vie. Celle qu'ils mangent à la maison est bien meilleure.

— Le petit vieux boite, il tient debout parce que sa femme le soutient, crois-tu qu'il peut avoir été un maître-chien ?

— Tout est possible. Il boite peut-être parce qu'il a été mordu par un chien.

— On y va ?

Claude a appuyé l'index sur la carte. J'ai tourné la clé. Le Chevy a répondu présent.

8

Claude m'a entendu délirer, quand je perdais les pédales, après mon retour du camp. Elle me l'a avoué longtemps après, après que Lucien et Emmanuel sont nés, je prononçais des noms d'hommes et de femmes.

Elle m'a interrogé sur eux. Elle aurait aimé savoir comment je les avais connus, où, avec qui, ce que nous avions fait ensemble. J'ai répondu qu'ils avaient existé. Mais je ne voulais pas y revenir, elle n'avait pas de souci à se faire, le passé était le passé, ce qui comptait, c'était ce qu'on construisait ensemble.

Elle n'a pas insisté, mais je connais ma Claude, à certains moments, quand nous n'étions pas d'accord, souvent pour des riens, des bricoles, pour les enfants, je lisais dans ses yeux verts, ils étaient là. Elle n'en parlait pas, elle est assez discrète pour ça, elle n'est pas méchante. C'était peut-être tout simplement moi qui me faisais l'idée, mais je voyais dans ses prunelles d'herbe que je lui cachais des choses. J'étais alors tenté de parler, mais ça ne pouvait pas se faire comme ça, si je commençais, je n'avais pas fini, il fallait que je reprenne par le commencement et que j'aille jusqu'au bout. Je me taisais.

Je me suis tu jusque-là, j'ai tenu ma promesse. Maintenant il va falloir que je me décide. Ce n'est pas simple. Ça fait partie de l'ensemble. Je l'ai dans la peau. Ça a compté. Ça compte encore. Tout compte dans nos vies, le bien, le mal. Ça pèse ou pas. On croit qu'on oublie, qu'on a tourné la page. On porte son bagage. C'est là. Ça reste. Il faut avoir vieilli pour s'en apercevoir.

Ça remonte comme des bulles à la surface, des choses a priori insignifiantes auxquelles on n'avait pas prêté attention, qu'on ne savait pas qu'on avait là, des paroles, des rires, des pleurs, des gestes, des façons, des odeurs, des jours, des nuits, des goûts, des bulles d'enfance, des bonbons. Ça nous a faits. Ça fait partie de nous. On ne peut rien contre. Si on les enlevait, on ne tiendrait pas debout. On serait handicapés. Qu'on le veuille ou non. C'est comme ça. C'est tant pis, et tant mieux.

9

Et maintenant nous y voilà, on y est presque.

On a quitté le goudron pour le chemin de terre à voie unique et son panneau de bois gravé *Aussicht*, point de vue. Claude a suggéré :

— Si on s'arrêtait un peu, avant ?

J'ai donné le coup de volant. *Aussicht.*

On est sur la colline. Un grand arbre, un tilleul, se penche au bord de l'à-pic. C'est incroyable, on est là à quatre-vingt-six balais, et ça me pince le ventre !

Les racines du tilleul se tordent à la surface et s'enfoncent dans la roche comme des griffes. Je monte sur les bourrelets noueux au bord du vide, je ne suis pas le premier.

Et Claude :

— Fais attention, quand même !

Le Danube est en bas, la vallée immense et profonde. Il fait froid. Claude a descendu son bonnet au ras des sourcils, entouré son cou de son écharpe à double tour. J'ai rabattu les oreilles de ma casquette. J'allume une cigarette.

Un couple pagaie dans un kayak jaune, en bas, la femme assise devant, les cheveux blancs en auréole sous un bonnet rouge, l'homme derrière, tête ronde, nue, chauve. Leurs gilets jaunes sont de la couleur du kayak. Leurs pagaies se tournent à mi-vol à un rythme parfait. Les pales tranchent l'eau et troublent à peine la surface.

Je me retourne vers Claude. Est-ce qu'elle sent ce moment comme moi ? Pour elle, il n'y a même pas de mots. Je lis une lueur éperdue dans son regard qui s'accroche à moi. On est à l'arrêt, comme si nous allions ouvrir une porte trop longtemps fermée.

C'est maintenant, et ça me met la boule.

Je tire sur ma cigarette. Il n'y a pas de vent. De la main, je chasse la fumée.

— Il va neiger.

On dirait déjà la nuit. Des ombres violacées sont amoncelées dans le plomb du ciel. Le couple au kayak s'éloigne et va disparaître, tache jaune sur la moire du fleuve.

Je me retourne à nouveau vers Claude.

— Ils sont vieux, au moins autant que nous. Ils semblent bien s'entendre.

Je me demande si ces deux-là pagayaient déjà au temps des nazis. Une péniche longe, là-bas, au loin, l'autre rive. Sa fumée ne monte pas, elle reste collée à la cheminée et s'étale en nuage au ras de l'eau. Nous n'entendons pas son moteur. Une nuée de gros oiseaux tournoie, s'écarte, s'ouvre en huit et revient planer au-dessus de la péniche.

— Il fait partie des grands fleuves du monde, dis-je. On n'en a pas chez nous de comme ça. Notre Guirlande, de Fougereuse, n'est qu'un ru à côté, mais elle est à nous.

— Je croyais que le Danube était bleu.

Elle est plus proche du tilleul, les bras croisés, me parle tout bas comme si on échangeait un secret. Elle me regarde regarder le fleuve et je lui dis qu'il est bleu quand le ciel est bleu. Moi non plus, je n'ai pas cru que c'était lui la première fois. La brume noyait la vallée lorsque nous sommes descendus du train. C'était à peu près comme aujourd'hui, le milieu de l'après-midi. Mes pieds étaient glacés. Ils m'ont abîmé quelque chose lorsqu'ils m'ont cogné sur la plante des pieds à la Santé, j'ai toujours eu froid aux pieds depuis. Des paquets de neige sale chassée par les véhicules bordaient les bas-côtés. Et quand la route a rejoint le fleuve, la brume s'est soulevée. « C'est le Danube ! » a dit un gars dans les rangs. « Ce n'est pas le Danube, il n'est pas bleu ! » J'ai cru d'abord que c'était un lac. Le brouillard nous cachait l'autre rive.

Claude hoche la tête. Un héron en vol traverse le fleuve droit sur nous et, quand il nous découvre sous le tilleul, il dévie sa route et lâche une fiente blanche avec un cri de colère.

Le kayak est de retour. Il redescend, le courant le porte, il va vite, sa proue se soulève. L'homme et la femme ne pagaient plus, ils laissent aller. De temps à autre, à l'unisson, leurs pales entrent dans l'eau et orientent la trajectoire.

Claude s'approche encore et je lui tends la main qu'elle prend pour mettre prudemment ses pieds sur les racines, elle glisse les doigts sous mon bras qu'elle serre. Je sors la boîte à mégots de ma poche, l'ouvre et y enferme ma cigarette éteinte.

Je dis qu'un homme avait tendu des lignes sur l'embarcadère en bois de la barge de traversée. Quand il a levé sa canne en bambou, un petit poisson d'argent frétillait au bout de son fil. C'était un gardon, j'en étais sûr, ses nageoires étaient rouges. J'ai demandé après, au camp, comment on disait « gardon » en allemand, j'ai retenu ce nom, ils ont répondu « *Rotfeder* ». J'étais content du pêcheur. S'il y avait des poissons et si les chleuhs nous laissaient pêcher, nous ne mourrions pas de faim. Mon camarade Étienne n'était pas de cet avis. Il n'était pas bien. Nous avions été menottés ensemble. Les gendarmes allemands nous avaient enlevé les menottes après Trèves, mais nous ne nous étions pas quittés. Nous étions les plus jeunes. La Gestapo l'avait raflé à une réunion de camarades communistes et il répétait, les larmes aux yeux, qu'il n'était pas communiste. Il avait faim. Tout le monde avait faim. On a mal partout quand on a faim. Il racontait ses chasses à la tonne avec son père dans les marais de Brouage et les canards qu'ils mangeaient. Il racontait bien pendant que le train roulait. Les camarades l'écoutaient. Mais c'était en même temps ajouter à la torture. Alors l'un ou l'autre, soudain :

— Tais-toi ! Ta gueule ! Arrête !

Il a dit qu'il aurait pêché un gardon comme ça sur le ponton, il l'aurait mangé cru, entier, les tripes, les arêtes, tout. Chez lui, ils mangeaient les sardines crues avec du beurre salé.

Claude a rentré sa main au chaud dans la poche de ma canadienne, je sens son pouce qui s'agite. La péniche a légèrement modifié sa ligne de nage, elle tire un peu plus vers le milieu du fleuve.

— Tu te souviens de la leçon, à l'école ? murmure-t-elle. « Le Danube, 2 850 kilomètres de long, est le deuxième fleuve d'Europe par sa longueur, après la Volga qui coule entièrement en Russie. Il prend sa source dans la Forêt-Noire en Allemagne… »

Son pouce continue de bouger, c'est nerveux.

— Ça ne va pas être facile tout ça, souffle-t-elle.

— On est venus pour.

— Je sais.

Je glisse la main dans ma poche, son pouce s'agite entre mes doigts.

— Le plus difficile, c'était quand je suis venu la première fois.

— Je suis idiote.

— Non, c'est toi qui as raison, ce qui compte, c'est maintenant, là, tous les deux, ce qu'on vit.

— Si on y allait ?

On revient vers le pick-up. On dirait qu'on hésite encore à y aller. La voix à la radio que je n'ai pas arrêtée repart quand je mets le contact. Je répète « *Kartoffelsalat* » après elle. Claude tourne le bouton et coupe le son.

10

Les SS racontaient qu'ils avaient enfermé dans le camp la pire racaille de toute l'Europe. Au début c'était peut-être vrai, la racaille de l'Autriche et de l'Allemagne.

Quand on est sortis du village en rangs par cinq entre les soldats et les chiens, on est passés dans la montée devant une jolie maison avec un cadran solaire sur le mur. Une jeune femme à natte blonde nous regardait à sa fenêtre ouverte. Sa petite fille dans ses bras agitait un ourson et nous saluait. J'ai esquissé le geste de lui répondre. La petite a grimacé et s'est pincé le nez. Elle avait raison. On était sales d'avoir dormi sur la paille et tout le reste. On ne s'était pas lavés depuis presque une semaine.

Le Chevy descend la colline au ralenti, au frein moteur, comme à reculons. Claude n'a rien dit depuis qu'on est remontés dans le pick-up. Elle est moins parleuse que moi. Elle dit que ce qui compte, c'est ce qu'on fait. La route est en lacet. Je m'attache à elle. Les grands sapins noirs défilent de chaque côté.

Et soudain, à la sortie du virage en épingle, le panneau, *Mauthausen*.

C'est plus fort que moi, je pile, m'appuie sur le volant, respire un grand coup. Ma poitrine émet quelques pleurs, comme lorsque je tousse.

La main de Claude rejoint la mienne sur la boule du levier de vitesse.

— Tu crois qu'on va être changés en statues de sel ?

J'attends encore un peu, respire, souffle, m'excuse :

— Je ne m'y attendais pas.

La main douce de Claude sur la mienne, qui presse et étreint.

— C'est normal.

Une voiture arrive derrière nous. Je redémarre, le pied quand même sur la pédale de frein.

La voiture me colle. Je souffle encore. On avait déjà vu des panneaux indicateurs de direction Mauthausen, mais là c'est celui de l'entrée du village. Les maisons sont là, les rues. On entre comme ça lentement, à tour de roues comme on dit à Fougereuse. Une moto qui nous suivait nous dépasse dans un rugissement de moteur.

On débouche sur l'avenue du bord du fleuve. Des hommes et des femmes en manteaux et capuches déambulent sur la promenade sous le ciel matelassé qui semble avoir descendu encore, des enfants pédalent sur des tricycles, des familles sont assises sur des bancs.

— Mauthausen, village de vacances, murmure Claude.

Je ne reconnais presque rien. Une vedette blanc et bleu est amarrée à un ponton. Est-ce que l'embarcadère pour la barge de traversée était là ?

Je chancelle à l'intérieur. Je me demande si je ne me suis pas trompé, si c'est bien notre Mauthausen, celui que nous avons découvert en descendant du train, pourtant c'est certain, il n'y en a pas deux, c'est lui.

Malgré le ciel cuirassé presque à ras de fleuve, tout y est devenu plus léger, plus gai, plus insouciant, plus vivant.

— C'est normal, me répète Claude.

Elle s'incline pour contempler les façades des maisons de couleur ocre qu'on appelle en Autriche le jaune Marie-Thérèse, du nom de l'impératrice. Qu'est-ce que je croyais ? Je ne croyais rien. En même temps j'étais sûr que tout avait changé. Je ne prévoyais rien. Je ne voulais pas. Tout a normalement changé après presque trois quarts d'un siècle.

Nous longeons la place que je reconnais un peu mieux, avec sa grosse maison cossue sur le côté, trois étages, une mythologie d'individus de pierre en décoration autour des fenêtres et sur les murs, des poissons, des sirènes, des monstres ailés comme jaillis des eaux du Danube. L'enseigne *Donau Hotel* clignote au linteau de sa porte au milieu.

— Si on s'arrêtait là ?

Je prends la bouteille d'eau dans la portière du pick-up et bois un peu pour retenir un commencement de toux.

— Je les avais oubliés ceux-là, dis-je entre deux gorgées en montrant les personnages, c'est vrai qu'ils n'étaient pas coloriés comme maintenant.

Je tète encore à la bouteille.

— Regarde, là-bas, c'est Jonas dans le ventre de la baleine.

Nous descendons du Chevy et Claude m'oblige à mettre ma casquette. Le feu est rouge à l'extrémité de la place. On suit le groupe bruyant de touristes qui traversent devant nous et entrent dans l'hôtel. La jeune femme derrière son comptoir est une brune aux yeux noirs et aux ongles carmin, pas une blonde aryenne. Beate, son prénom est épinglé sur sa robe, de *beata*, bienheureuse. Elle salue Claude d'un « *Gnädige Frau* » et, confuse, alors qu'on n'a pas parlé, elle s'adresse à nous en français. À quoi a-t-elle reconnu que nous étions français ?

Elle est jeune, souriante, les lèvres rouges comme les ongles. Elle dit que nous avons de la chance, des chambres sont libres en cette saison.

— Vous connaissez l'hôtel ? Vous êtes déjà venus à Mauthausen ?

Claude ne répond pas et m'interroge des yeux. Je hoche la tête.

— Oui, moi, il y a longtemps.

Elle rougit, se détourne et prend les clés derrière elle. Je sors chercher nos sacs. L'ascenseur est au fond de la salle. Les couloirs sont garnis de chemins de tapis à l'ancienne, mais les parquets sont neufs, ils ne sont pas bruyants, ils ne cèdent pas sous les pieds.

Claude tire les lourds rideaux de velours pour laisser entrer dans la chambre les dernières clartés du jour gris et profiter de la vue. Notre fenêtre donne côté Danube, comme nous l'avons voulu. Elle ouvre le lit, remonte les oreillers, s'allonge tout habillée. Je lui demande si elle veut dormir.

— Quel culot, dit-elle, de te demander si tu es déjà venu à Mauthausen !

Le petit réfrigérateur est bien garni.

— Tu veux boire quelque chose ? Il y a de l'eau-de-vie de prune.

Elle ne répond pas, elle a fermé les yeux, elle les rouvre et me regarde dévisser le bouchon de la petite bouteille, humer l'eau-de-vie, sortir les deux petits verres.

— Elle t'a demandé aussi si tu connaissais l'hôtel. Tu le connaissais ? Quand ?

— À la libération.

— Ils vous ont payé l'hôtel ?

— C'était le désordre. On couchait n'importe où. Je n'y ai dormi qu'une nuit.

— Ah ?

— Qu'est-ce que tu veux savoir ?

— Tu as dit que tu voulais venir pour ne rien me cacher.

C'est Claude ça, cette façon de glisser entre les mots et de laisser entendre sans dire. J'ai toujours eu plaisir à la voir penser. Déjà, lorsqu'elle était petite fille, ses réflexions me surprenaient et j'avais quelquefois du mal à la suivre. Elle ajoute :

— Ça te fait quelque chose de te retrouver dans cet hôtel.

Je fais oui de la tête en m'asseyant au bord du lit. J'ai apporté le plateau, l'eau-de-vie, je verse dans les verres. Elle me regarde faire, songeuse, s'assoit dans le lit. Elle propose que nous nous asseyions sur les chaises à la petite table, mais elle ne bouge pas. Je lui tends un verre.

— L'hôtel ne s'appelait pas le Donau, mais le Fluss Hotel, l'hôtel du Fleuve, mais c'était bien celui-là.

Je lève le mien.

— Je trinque à nous qui sommes vivants à Mauthausen.

Elle respire l'alcool fort, hésite.

— Bois ! Ces Autrichiens savent distiller la prune.

Elle goûte, frissonne, esquisse un sourire.

— Oui, elle est bonne.

Je lui montre la fenêtre. La nuit est venue. Des flocons dansent derrière la vitre.

— Tu sais quelle est la première qualité du pigeon voyageur ? Sa fidélité.

11

Je n'ai pas fermé l'œil de la nuit. Je m'y attendais, je le souhaitais presque, une première nuit à Mauthausen. Je ne sais pas si j'ai dormi une seconde.

La prune n'a pas dû arranger les choses.

Toute la nuit, j'ai ruminé Mauthausen, Kader et les autres. Je me suis levé plusieurs fois. Je suis allé à la fenêtre. C'était comme si j'avais besoin de vérifier. Je ne croyais pas. On y était. On était bien là.

Claude n'a pas dû dormir beaucoup non plus. Je l'ai dérangée. Et elle n'a pas besoin de ça. Elle m'a surpris debout et elle m'a demandé ce que je faisais. Je lui ai dit :

— Il neige.

Elle a ouvert la couette.

— Viens te coucher.

Je me suis allongé et elle m'a entouré de ses bras. J'ai continué de ruminer.

On a eu une vache normande à Fougereuse lorsque j'étais petit garçon, Charmante, elle méritait son nom. Elle avait une robe blanche « caille » sur tout le ventre, et le reste du corps « bringé » par un semis de taches rouges, brunes et noires, comme une peinture impressionniste. Sa tête était blanche aussi avec le tour des yeux coloré qui lui faisait comme des lunettes. J'ai appris à traire avec elle, elle était douce. Son pis était parcouru en surface de veines fortes et sinueuses, la peau des trayons fine et onctueuse. Mais je me suis surtout attaché à elle parce qu'elle n'était pas comme les autres. Les autres vaches s'occupaient à paître dans la prairie derrière la maison, elle venait sans cesse à la barrière et elle restait là, à regarder ce que nous faisions. Quelquefois, elle poussait un petit meuglement discret, comme si elle avait quelque chose à nous dire. Qu'est-ce qu'elle rumine ? s'interrogeait Aliénor qui écartait le rideau de la fenêtre avec moi. Peut-être qu'elle se demande ce que nous avons fait de son petit veau qui dormait sur la paille près d'elle ? Ou peut-être qu'elle se dit qu'elle est jeune encore et qu'elle peut en avoir un autre ? Ou peut-être qu'elle veut se remplir seulement de tous les bruits de Fougereuse qui seront encore là quand elle sera morte. Tu crois qu'elle est triste ? demandais-je à Aliénor. Ouvre-moi la fenêtre, je veux lui parler. Alors Aliénor ouvrait la fenêtre et j'appelais : « Charmante ! Eh, Charmante ! » Et Charmante immobile ruminait, ses gros yeux doux à lunettes dirigés vers moi.

Et ce matin je suis remonté comme un ressort. Je devrais être fatigué. Je ne peux pas tenir tranquille, pas aujourd'hui, pas à Mauthausen.

Claude aurait aimé un peu de grasse matinée après le voyage. C'est plus fort que moi. Je fais du bruit, tourne les robinets, ouvre les sacs. Je dis que j'ai envie de voir les têtes des clients autrichiens et allemands dans la salle du petit déjeuner. Elle s'est levée, s'est habillée et elle descend avec moi.

Les éclats de voix dans la salle à manger tournent autour de la neige qui est tombée. Des assiettes de jambon et d'œufs frits circulent parmi une alignée d'hommes et de femmes qui ont rapproché leurs tables.

— Des « moyenâgeux », murmure Claude qui plaisante, des « entre-deux-âges », nous sommes les plus vieux.

Je remplis deux coupes à la bouteille de Heuriger pétillant plongée dans le seau à glace. Claude se laisse convaincre, elle aime les bulles, même si ce n'est pas l'habitude à cette heure. Les cheveux des femmes sont relevés et laqués comme des pièces montées. Une fausse blonde incline la tête vers le petit miroir de son poudrier.

J'ai pris au buffet de la crème viennoise, elle n'en veut pas, elle n'a pas très faim. Elle fend un petit pain qu'elle garnit de beurre et de jambon, enveloppe dans une serviette en papier et glisse dans son sac avec les madeleines et le gâteau au chocolat qu'elle n'a pas mangés. Elle se fâche parce que je souris de la voir dissimuler son paquet comme une voleuse.

— Tu seras peut-être content d'en profiter tout à l'heure.

La lumière, dehors, semble monter de la terre derrière les vitres festonnées de neige. La jeune femme de l'accueil, Beate, traverse la salle et nous adresse un petit signe de la main.

— Tu mettras une deuxième paire de chaussettes, me dit Claude.

Je suis d'accord, avec mes pieds glacés.

Nous redescendons de la chambre, bardés de la tête aux pieds. Claude a mis sa robe de laine longue, chaussé ses bottes de mouton et troqué son bonnet contre une toque de fourrure lacée sous le menton. Elle m'aide à régler les lanières de mon sac à dos et insiste pour nouer mon écharpe.

Beate derrière le comptoir sourit à nous voir nous préparer.

— Où allez-vous ? Vous voulez une voiture ? Pour la traversée du Danube, le premier bateau part à dix heures. La navette du KZ s'arrête devant l'hôtel.

— On va se promener à pied. Ça nous fera du bien de marcher.

Elle a un agréable sourire, les mains couvertes de bagues.

Nous nous arrêtons sur le seuil, éblouis par le blanc. Il a vraiment neigé pendant la nuit. Le manteau est épais de quatre à cinq centimètres. Je ne sais pas si c'est vraiment le blanc qui m'arrête ou si c'est, soudain, l'appréhension de ce qui nous attend. Je me sens tout d'un coup vidé de toute l'énergie dont je débordais jusque-là. Je dis :

— J'ai eu froid ici, terriblement froid.

La place, les rues de Mauthausen sont presque désertes. Le petit vent pince. Claude remonte son écharpe sur sa bouche.

— Tu te souviens qu'autrefois on disait des « cache-nez » ?

— Ou des « cache-cols ».

La fumée de son souffle s'échappe à travers la laine. Le ciel est encore lavé de gris. Un tourbillon poudré balaie la place. Je tape des pieds pour me réchauffer.

Je dis que j'ai bien fait de rentrer le pick-up à l'abri dans le garage de l'hôtel. J'espère que le garagiste viendra ce soir comme il l'a promis.

— Il faut bouger, dit Claude.

12

On monte, bras dessus, bras dessous, vers la ville haute. Marcher dans le sillage des autos est plus facile que sur le trottoir où on enfonce.

— Est-ce que le cadran solaire est encore là sur la maison de la petite fille à l'ourson ?

— On va voir.

— Et la petite fille ?

— Si elle est encore là, elle doit avoir oublié les troupeaux de clochards puants qui montaient devant sa fenêtre.

La neige a tout enveloppé. Tout se confond, les toits, les cours, les trottoirs, les clôtures. Il me semble que la forêt était plus proche. Des pavillons, des immeubles l'ont envahie. Je cherche la maison au cadran solaire. Il ne reste de la forêt que quelques rideaux de pins et de bouleaux aux branches chargées de neige qui forme de beaux chiens blancs, qui glissent et dégringolent soudain en avalanches silencieuses.

Claude se cramponne à mon bras. Ses bottes à semelles de crêpe sont moins stables que mes brodequins à crampons. Quand une voiture arrive, nous nous arrêtons et nous montons sur le trottoir.

La navette-minibus du KZ passe, occupée par une demi-douzaine de passagers. Je parle pour faire du bruit dans le silence de la neige et parce que je sens Claude inquiète, je lui ai promis que je lui dirais tout, j'explique ce qu'elle sait déjà, qu'ils avaient construit le camp à proximité de la carrière qui appartenait à une entreprise privée. Les pavés étaient destinés au début aux rues de Vienne et la pierre ensuite a fourni tout le Grand Reich. Les contremaîtres et les ingénieurs civils veillaient à la qualité des produits. Ces braves gens d'Autrichiens prenaient garde à ne pas voir les cohortes de détenus squelettiques qu'on martyrisait devant eux et qui étaient réduits en bouillie par les blocs de pierre qui leur roulaient dessus.

Je parle pour ne pas trop penser et me distraire de ce qui me pince le ventre et le cœur, et parce que je sens Claude lourde à côté de moi. Habituellement, elle est aussi bonne marcheuse que moi. Nous nous lançons parfois dans des journées de randonnée autour de Fougereuse et dans la vallée de la Guirlande. Là, elle me semble traîner la jambe. Ça peut être la neige ou pas. Elle pèse contre mon bras. Elle me demande d'aller doucement.

Je crois qu'elle n'a pas envie d'arriver. Le camion de la saleuse nous rejoint et sème ses petits grains jaunes. J'ai dans la tête, malgré moi, les panneaux d'autrefois sur les bas-côtés de la route, *Achtung !* et *Konzentrationslager Mauthausen. Vorsicht !* Les projecteurs du camp brillaient au flanc de la colline dans la nuit qui était là, la première fois.

On s'arrête pour respirer. Mon souffle a mouillé mon écharpe que je redescends sur mon menton. Il y a ce rideau de conifères et d'arbustes blancs de neige et de givre, beaux encore, et les murs fortifiés de la citadelle se dressent soudain sur le plateau devant nous.

— C'est mieux qu'ils soient couverts de neige, murmure Claude.

Et :

— La pierre est noire.

Deux minibus chargés à bloc déversent sur le parking un groupe de grands adolescents accompagnés de leurs professeurs. Quelques garçons ramassent des poignées de neige qu'ils lancent sur les filles. Le professeur leur demande de laisser les boules de neige et de se calmer. Claude montre le banc de l'abribus sur le parking.

— Si on allait s'y asseoir un peu ?

13

Il y a peu de neige à l'intérieur de l'abri. Le banc est dégagé. Elle prend une madeleine dans le sac à dos. J'enlève mes moufles, allume une cigarette.

Je constate la disparition de toutes les constructions hors les murs. Les baraques de l'hôpital étaient à l'emplacement du parking et, un peu plus loin à côté, le terrain de foot des SS. Je dis que, quand on approchait, Étienne a déclaré que ça sentait le poulet grillé.

Je souffle la fumée et, c'est plus fort que moi, ça me cogne, ça me gagne, ma bouche se met à trembler, et ma main qui tient la cigarette, que je lâche. Je fonds. J'essaie de me retenir. Je n'ai jamais été une nature à pleurnicher. Pendant longtemps je m'en suis voulu de ne pas être foutu de pleurer.

Je suis un vieux qui pleure. Claude a retiré son gant. Elle prend ma main, la serre. Elle a les larmes aux yeux aussi.

Les noms des camarades me viennent :

— Étienne, Auguste, Fernand, François…

Je chevrote malgré moi.

— Pourquoi eux ? Pourquoi je suis là, et pas eux ?

J'ai honte. Je ne voulais pas faire ça à Claude. On n'est pas venus pour ça. Elle passe le bras autour de moi. Elle serre.

— Tu n'y es pour rien. Qui est-ce qui t'accuse ? Il n'y a que toi qui t'accuses.

Sa parole me fait du bien. Je cesse peu à peu de trembler.

— Excuse-moi.

Je me frotte les joues, les yeux. Elle me tend son mouchoir.

— Tu n'as pas à t'excuser.

Je la remercie, ramasse ma cigarette qui s'est éteinte.

Et elle, plus que de la compassion dans la voix et les yeux :

— C'est normal. Ça ne serait pas normal autrement.

Je me redresse, me déplie, presse à mon tour sa main.

La troupe des étudiants est montée là-haut sur le chemin de ronde, entre les deux tours du porche de l'entrée. Je raconte qu'un grand aigle allemand aux ailes déployées était fixé entre les deux tours du porche. On y a passé une corde à la libération. J'étais là. J'ai tiré sur la corde avec les autres. On n'a pas voulu que les Américains nous aident. On n'avait pas beaucoup de forces. On était tous des squelettes. Mais on y est arrivés ensemble. L'aigle est tombé, ses ailes et son cou ont explosé.

Claude m'aide à rajuster les sangles du sac à dos sur mes épaules. Je dis que c'est le choc de ces murs devant moi, ça va aller maintenant, on y va.

Je garde mes moufles dans ma poche et tente de rallumer ma cigarette abîmée.

14

On a laissé sur le comptoir de l'accueil les écouteurs audioguides que les employés de la billetterie nous ont remis. Il ne reste que quelques baraques témoins du camp, sept sur les vingt-deux, sans compter celles du camp 3 construit en 1944, et la Kommandantur, la Wäscherei, la cuisine, la prison, le camp des Russes, le camp des tentes installé hors les murs en 1944. Une ville, c'était une ville, dont on n'a conservé que quelques traces. Je ne suis pas déçu. J'ai même souhaité longtemps qu'on conduise des bulldozers dans ces camps pour éviter qu'ils deviennent comme ces parcs à touristes où les gens viennent prendre quelques succédanés de leçons d'histoire en suçant des glaces.

Nous marchons sur l'étendue toute blanche de la place d'appel au milieu des blocs, et je rumine notre alignement, là à notre arrivée, le premier soir, sous les projecteurs. Le brouillard était à chaque minute plus glacé. C'est alors, je crois, que j'ai vu Kader pour la première fois, avec la lettre peinte en rouge sur sa veste.

Claude entre devant moi dans une baraque et, quand je referme la porte, l'odeur m'assaille soudain. Où est-elle ? D'où vient-elle ? Je grimace, je cherche.

Claude me regarde marcher. Je circule dans le bloc entre les châlits. Je croyais avoir oublié cette odeur. Est-elle là ou dans ma tête ? Étienne disait que le camp puait la mort. Est-ce qu'elle est quelque part dans les jointures des cloisons ou le bois de ces châlits qui semblent être des vrais ?

Je m'accroupis, palpe les lattes du plancher, renifle. L'odeur a peut-être pénétré les fibres du bois et il n'y a que moi qui la sens parce que je la connais. C'était un remugle d'écurie humaine. Je demande à Claude :

— Est-ce que tu sens ?

Elle m'interroge du regard, pensive. Elle secoue la tête.

— Je sens l'odeur de la neige.

Elle esquisse un sourire désolé comme pour me dire qu'elle ne se trouve pas dans mon nez. Je connais sa capacité à se mettre à la place de, en tout cas à la mienne. Je lui ai affirmé encore ce matin que, si elle n'avait pas été là, je n'aurais pas fait la moitié de ce que j'ai fait et nous ne serions pas là. Elle a haussé les épaules et dit que ça n'a pas de sens, si ça n'avait pas été elle, ç'aurait été quelqu'un d'autre.

Claude ne m'a pas gardé pour elle. Elle a voulu pour moi ce que je voulais.

C'est Claude qui a parlé à la mère Marie-Liesse et qui m'a permis de rencontrer le colonel. Je n'étais pas dans mon assiette depuis notre retour d'Espagne. Je cherchais un bateau, un moyen de repartir. Jacky s'en était retourné avec ses parents dans les Ardennes. On s'aimait pourtant, Claude et moi. Il a fallu qu'elle m'aime pour trouver les moyens de m'arracher à elle.

Elle avait obtenu son premier poste d'institutrice à l'école de La Chaize, à la rentrée de septembre 41. Elle a appris là-bas que le frère de la supérieure, la mère Marie-Liesse qui faisait prier à l'école « pour ceux qui risquent leur vie pour notre liberté », avait été parmi les premiers à rejoindre le général de Gaulle. Elle a interrogé la bonne mère, qui m'a invité à venir à l'école.

Le colonel était déjà là quand je suis arrivé, un petit homme râblé, au visage rond, souriant, le chapeau sur la table. Il fumait une cigarette de tabac noir dans la cuisine des religieuses et il fallait bien que ce fût lui pour qu'elles tolèrent son cendrier chez elles. Elles nous ont servi un café d'orge et nous ont quittés. Nous les avons entendues aussitôt chanter dans leur oratoire. Et je me suis trouvé seul face à mon destin.

Après avoir été banquier, le colonel s'était lancé dans la production cinématographique. Il tutoyait Michèle Morgan et Jean Gabin. Il était passé en Angleterre et le Général l'avait affecté aux services de renseignement. Et il était revenu organiser l'espionnage en France via l'Espagne où il avait obtenu un passeport pour ses films.

J'étais venu à La Chaize à vélo. La table de la cuisine des sœurs était étroite. On était face à face. Le chapeau de toile huilée imperméable du colonel était entre nous. Il fumait beaucoup, il s'est levé à un moment afin d'ouvrir la porte que les sœurs avaient fermée pour aérer la pièce.

Je lui ai raconté notre périple espagnol raté. J'avais apporté la lettre de l'ambassadeur de France à Madrid qui nous avait écrit à la prison de Santa Cruz et nous informait qu'il s'employait autant que possible pour notre libération. Le colonel a souri, il connaissait cet homme. Des messages pour Londres passaient par la valise diplomatique, via l'Espagne et le Portugal.

Il m'a confirmé que, pour l'instant, il n'avait pas de place pour moi dans un bateau, mais il m'a proposé, si je le voulais, de travailler avec lui. Il avait la charge des côtes de Brest à Hendaye. J'étais jeune. En bonne santé. Il était débordé. Je pourrais être son agent de liaison. Les ennemis se méfieraient moins d'un jeune comme moi. Il m'a parlé de devenir son officier traitant. Je ne savais pas ce que c'était. J'entendais tous ces mots. Je n'étais pas sûr de bien comprendre. Est-ce qu'ils s'adressaient vraiment à moi ? Il m'a prévenu que ce serait dangereux, je serais torturé et fusillé s'ils m'arrêtaient.

— Vous avez une petite amie ? La jeune institutrice de l'école ? La mère Marie-Liesse me l'a dit. N'aimez pas trop. Il ne faut pas trop aimer dans notre foutu métier. Dès qu'on aime on commence à avoir peur, c'est un Anglais qui a écrit ça.

J'ai hoché la tête. J'ai dit oui. J'étais prêt à tout admettre. Ce qu'il me proposait était tellement inattendu. Il me regardait avec des yeux normaux comme s'il me parlait de banalités. Par moments, il chassait la fumée devant lui de sa main.

Les religieuses sont revenues. La petite sœur Madeleine, la cuisinière, a déclaré en riant que la mère Marie-Liesse était dans la prière jusqu'au cou. Nous sommes sortis sur le perron des sœurs face à la cour de récréation. Je ne fumais pas, pas encore. Claude n'était pas là, c'était un jeudi, il n'y avait pas d'école. Les tilleuls de la cour mettaient alors leurs premières feuilles qui s'entrouvraient comme des petites mains.

J'ai parlé d'Aliénor au colonel. Je lui ai dit qu'elle s'appelait Aliénor parce qu'elle était née dans une métairie de Talmont. Richard Cœur de Lion préférait chasser sur ses terres de Talmont plutôt que vivre en Angleterre. Aliénor était la mère de Richard et la petite fille de la métairie avait hérité de son nom. Le colonel m'a dit qu'il aimerait connaître mon Aliénor.

15

Nous entrons dans les toilettes de la baraque numéro sept. Claude compte le nombre de trous des tinettes dans l'alignement des deux longues banquettes. Est-ce qu'on imagine les squelettes accroupis, côte à côte et dos à dos, le pyjama sur les genoux ? Et l'odeur, la saleté, la dysenterie ? Et Kader qui passe, le nerf de bœuf à la main :

— Debout, bande de feignants ! Los ! Los !

Claude me réclame une cigarette comme pour chasser l'odeur. Je la lui donne, on allume, et on reste là à fumer sans rien dire. Il n'y a que le bruit de nos souffles quand nous exhalons la fumée. Par moments, elle tourne les yeux vers moi et son regard m'interroge. Elle prend ma main. Je sors ma boîte à mégots.

On quitte le bloc et j'ai dans les yeux sur la place d'appel enneigée le spectacle de nos piquets grelottants du matin, et les cris et tout ce qui va avec.

On nous a appelés, le quatrième jour, Fernand, le menuisier, Auguste, le maçon, Étienne et moi. Kader nous a conduits chez le barbier. À l'époque, à vingt ans, ma barbe de quatre jours, ce n'était pas grand-chose. On a traversé tout le camp. Le jour gris se levait. Les lignes de la touche et du point de penalty avaient été tracées à la chaux sur le terrain de foot des SS. J'ai pensé : ils ne nous envoient quand même pas jouer au foot ! On a monté les marches de la cité SS. Ils nous emmenaient chez le commandant.

Une ordonnance a fermé la porte derrière nous. Ziereis a ouvert les bras comme pour nous embrasser.

— Vous êtes mes premiers Français !

Il ne parlait pas français. L'ordonnance traduisait.

Il a allumé une cigarette, tendu le paquet et le briquet à l'interprète qui nous en a offert. La fumée de nos Juno a rempli la pièce. Il a pris un air désolé.

— Je ne suis jamais allé en France.

Il a feuilleté ses documents et parlé d'abord à Fernand, Auguste et Étienne. Leur dossier portait la mention « terroristes communistes ». Il a commenté, affable toujours, la Juno dans son fume-cigarette à bague dorée :

— Vous vous êtes trompés de camp, messieurs, c'est dommage pour vous, le Grand Reich est en train de nettoyer les derniers nids de la vermine communiste en Russie.

Il s'est tourné vers moi et m'a demandé si j'avais des parents. Oui. Une petite amie ? Je n'ai pas répondu.

— Vous espérez les revoir ?

Il nous a interrogés sur Paris, Versailles, Nantes, La Rochelle. Nous étions avec nos crânes nus, nos galoches. Il a dit que les soldats allemands étaient en vacances en France. Il espérait y aller bientôt quand l'Allemagne aurait gagné la guerre.

Son visage s'est durci. Il a baissé la tête vers ses papiers. De la main il nous chassait. On est sortis. On a retraversé le camp. J'avais glissé le mégot de ma Juno dans mon bonnet.

— Qu'est-ce que vous foutez là ? a gueulé Kader.

Il avait dit aux camarades que nous ne reviendrions pas. En règle générale, ceux que le commandant convoquait prenaient ensuite le chemin de la cheminée.

Kader était arrivé à Mauthausen avec les premiers prisonniers de droit commun. Il avait un contingent de crimes à son actif et sa veste en portait la marque rouge. Il ne comprenait pas pourquoi nous étions encore en vie et, à partir de là, il s'est méfié de nous.

Pourquoi, vraiment, Ziereis nous a-t-il épargnés ? Peut-être que pour l'ami d'Himmler qu'il était, dans un sursaut d'humanité, ce fut sa façon d'être conforme avec ce qu'il disait, sa manière d'aimer la France ?

16

Claude me demande si on continue, si je ne suis pas trop fatigué.

Je ne suis pas fatigué, bien sûr qu'on continue, mais par moments mes mains sont sur le point de trembler encore. J'ai voulu venir là et j'ai notre parcours dans la tête, mais par moments ça se bouscule et ma vieille mécanique malade est sur le point de caler, il faut que je reprenne souffle. Je lui retourne sa question :

— Et toi ?

Elle me sourit, presse mon bras, m'encourage.

— Je te suis.

— On y va ?

Le jour est encore flouté de neige. Quelques flocons volettent. Nous avons acheté des bâtons de marche à la boutique de la billetterie et nous restons encore un moment comme ça, comme si nous hésitions, l'un contre l'autre, emmitouflés dans nos écharpes, nos manteaux, toque et casquette, à regarder glisser les flocons. Nous sommes deux, heureusement elle est là. De toute façon, je ne serais pas venu à ce rendez-vous sans elle. Car il s'agit bien d'un rendez-vous reporté pendant si longtemps que nous avons ensemble.

On va descendre à la carrière. Le guichetier nous a rassurés, il suffit de suivre le chemin, les marches de l'escalier ont été salées. Mais je connais les marches, ça ne sera pas une promenade de santé. Derrière son comptoir, le jeune homme nous a regardés et j'ai compris qu'il se demandait si nous en étions capables.

On emprunte le petit chemin dégagé et l'envie me prend d'aller voir sur le côté. Je dis à Claude :

— Ne bouge pas, attends !

J'enfonce dans la neige jusqu'aux chevilles.

— Où vas-tu ? s'alarme-t-elle inquiète.

— Je veux voir le trou d'en haut, en surplomb !

Elle hésite et marche à contrecœur dans mes traces en s'aidant de son bâton. Je tourne entre les taillis couverts de neige. Elle me rejoint, s'accroche, essoufflée, à mon bras.

— Il n'y avait pas un arbre, pas un brin d'herbe, il n'y avait que la pierre et, autour, les barbelés et les miradors des SS avec leurs fusils-mitrailleurs. En cette saison, le vent tourbillonnait dans le trou. En été, le soleil de plomb. C'est incroyable maintenant, la nature a gagné, cette végétation sous la neige, c'est beau comme une carte postale.

Une buse décrit des cercles assez haut dans la trouée de bleu qui s'est ouverte au-dessus de la carrière. Les couleurs vives des doudounes et des bonnets des étudiants bougent au fond du trou. Je dis qu'alors il n'y avait pas un oiseau, même les oiseaux avaient peur.

— Tu arriveras à descendre l'escalier ? Les marches sont irrégulières.

— Je les descendrais et les monterais à genoux si j'étais plus jeune.

Il me semble que sa voix a tremblé. Je fixe ses yeux qui brillent, je lis dans son regard qu'elle me dit tu me comprends, la presse une seconde dans mes bras.

On retourne à l'escalier qu'on descend, marche à marche. Nos bâtons nous aident. La neige a verglacé par plaques malgré le sel.

— Cent quatre-vingt-six, j'ai eu le temps alors de les compter.

Fernand et Auguste m'avaient pris avec eux. Auguste était maçon à Lyon, un homme jeune encore solide au début, le nez en patate, des gros yeux aux prunelles d'un marron de velours très doux. Il avait parlé à Klaus, le kapo des marteaux-piqueurs, qui avait bien voulu de moi parce que j'étais jeune. L'avantage du marteau-piqueur, c'est qu'on était à l'écart. Klaus était un tueur comme les autres et il éclatait les crânes à coups de manches de pioche comme les autres, mais il soignait ses marteaux-piqueurs. À midi, quand la sirène sonnait, nous étions les premiers dans la file du bouteillon de soupe.

Étienne n'avait pas les bras pour les marteaux-piqueurs. Il est resté en bas, à casser les pierres et charger les wagonnets. Il a porté la civière de bois sur ses épaules et titubé dans l'escalier avec son bloc de pierre. Il a tenu trois jours. Le quatrième, il a monté son fardeau dans l'escalier comme les autres. Il a déchargé la civière au tas et marché d'un pas tranquille vers les barbelés. Des sentinelles lançaient parfois des cigarettes dans la zone interdite et tiraient comme des lapins les prisonniers qui allaient les chercher.

Presque soixante-dix ans après j'entends le coup de feu.

Il faisait beau ce matin-là, le premier sans brume, le printemps peut-être. Étienne et moi partagions, tête-bêche, l'étage du même châlit. J'avais, à hauteur de nez, les pieds de mon camarade que je trouvais fins comme des pieds de fille. Et ce quatrième matin, alors que nous étions assis dans l'odeur nauséabonde des chiottes et que Kader nous criait : « Los ! Los ! Schweine Franzosen ! », Étienne m'a dit :

— C'est vrai que j'ai les pieds de ma mère. Elle se lave les pieds sur la pierre de cheminée avant d'aller à la messe, le dimanche. Elle appelle mon père après, pour qu'il lui coupe les ongles. Il le fait avec son couteau. Il enlève les petites peaux autour, les cuticules, et il répète à chaque fois, en reposant le pied : « Les belles plantes ont toujours de beaux pieds. »

J'ai répété :

— Les cuticules ?

Étienne m'a souri.

Ce devait être la première fois qu'il souriait depuis que nous étions arrivés à Mauthausen. Il avait l'air ailleurs, comme anesthésié, comme lorsqu'on prend un coup qui fait trop mal et qu'on ne ressent pas la douleur. J'étais content pour lui. Je le croyais tiré d'affaire. Quand on a eu après, dans nos gamelles, la louche d'eau chaude versée sur des carottes grillées qu'on appelait café, il l'a avalée d'un trait parce qu'il avait grand soif. On a marché ensemble ensuite dans les rangs vers la carrière et c'est un peu à cause de sa meilleure tête que j'ai pensé au printemps.

On s'est séparés au fond. On ne se disait rien d'habitude. Je montais à l'échelle de la corniche des marteaux-piqueurs derrière Fernand et Auguste. Je l'apercevais de loin à la soupe de midi. Je lui ai lancé, content :

— Salut !

Il m'a répondu avec sa voix retrouvée, que j'ai crue presque joyeuse :

— Salut !

Je devais avoir de la merde dans les oreilles et les yeux, je n'ai pas deviné une seconde, ou simplement je pensais à moi, rien qu'à moi, tout pour ma gueule, c'est sûrement ça.

À midi, je l'ai cherché, mais je ne l'ai pas vu. Fernand et Auguste non plus. Le médecin polonais du camp, Kowalski, m'a expliqué un jour que ce n'était pas si rare, les suicidés surprenaient parfois par leur énergie et leurs projets avant le dernier saut, sans doute pour tromper leur monde, mais aussi comme s'ils voulaient goûter une dernière fois le vrai goût de la vie. Les fonctions de Jan Kowalski au camp lui ont permis de connaître le meilleur (il me l'a affirmé, ça peut paraître impossible en enfer), et le pire (ça c'est certain), de l'humanité. Nous reprenions les rangs, après la sirène du soir, quand le chariot des morts nous a croisés. Étienne était dans le tas. Nous le savions déjà. Klaus nous avait briefés.

Mais c'est à ce moment-là, en découvrant mon camarade sur la charrette, que je me suis souvenu du coup de feu auquel je n'avais pas prêté attention, dans le vacarme de la carrière. La sentinelle n'a pas tiré une rafale. Étienne était si près. Elle a ajusté le lapin.

17

Cent quatre-vingt-six marches à quatre-vingt-six ans c'est beaucoup. Et tout à l'heure, il faudra remonter. Claude a le souffle coupé, elle soupire, se cramponne à mon bras quand on s'arrête, elle est sujette au vertige.

Je ne tousse pas. Je m'étonne de ne pas tousser. Certaines marches sont presque deux fois plus hautes que les autres.

— Comment faisaient-ils ? halète-t-elle.

— Ils faisaient. Il y avait la montée et la descente. C'était l'escalier de la mort.

On prend le temps. Le ciel s'est un peu plus dégagé. On transpire sous nos épaisseurs de vêtements. Mais le vent, comme il y a soixante-dix ans, tourbillonne dans le cratère de la carrière. Mes joues glacées me brûlent. On fait halte toutes les sept ou huit marches.

— Si, dis-je en pensant tout haut, il y avait les choucas. Les choucas ne sont pas noirs comme les autres corbeaux. Leurs cous et leurs nuques sont gris pâle et leurs visages noirs. L'odeur et les flammes de la cheminée ne les gênaient pas. Ils se posaient sur les fils électriques et ils attendaient, dix, vingt, des vols entiers quelquefois. Des couples nichaient dans la tour de garde. On les entendait croasser.

— Ils attendaient quoi ?

— Devine ! Les choucas sont carnivores comme tous les corbeaux. Leurs yeux sont bleu ciel. Kader aussi avait les yeux bleus.

J'ai travaillé trois mois au marteau-piqueur avec Fernand et Auguste qui étaient de trop bons ouvriers, comme s'ils attendaient la paie. Ça arrivait. Klaus donnait une cigarette ou leur obtenait une louche de plus à la soupe. La durée moyenne de vie d'un prisonnier était de trois mois. L'approvisionnement du camp était calculé sur ce barème. Quand un gars mourait, les autres avaient sa part. On a survécu parce que les autres sont morts. Au bout de trois mois, je suis tombé malade, j'étais dans la norme, j'ai souffert d'une fistule anale.

C'est à ce moment-là que j'ai rencontré le médecin Kowalski. Il était prisonnier comme nous. Ce médecin était un homme humain. Il m'a gardé au Revier pendant une semaine.

Quand je suis revenu dans la baraque, Fernand et Auguste n'étaient plus là. J'ai chialé. Les deux gars sont partis en fumée à vingt-quatre heures d'intervalle.

Auguste, le premier, s'est endormi et pas réveillé. Il avait trente-deux ans. À douze, le sabot d'un cheval lui avait déformé le nez et creusé la pommette. Il parlait sans cesse de sa Suzanne, qu'il appelait un jour Suzie, un autre Suzon. Il m'a expliqué sur la corniche comment porter le lourd marteau-piqueur sans se faire mal. Mais j'avais remarqué, avant de partir au Revier, que le marteau-piqueur était devenu lourd pour lui aussi. Ses vibrations l'ont secoué encore comme un prunier le dernier jour et le rire sauvage de Klaus l'a encouragé :

— Arbeiten, Scheisskubel ! (Travaille, sac à merde !)

Le soir, mon camarade a appuyé sa tête sur l'oreiller de ses galoches et le morceau de pain noir qu'il gardait pour le lendemain matin, comme d'habitude, et Fernand l'a porté raide et froid sur la place d'appel.

Et au soir de cette même journée, la dysenterie foudroyante a pris Fernand, comme si le départ de son compagnon l'avait décidé à déserter à son tour. Il m'avait raconté qu'il avait refait la charpente du clocher de son village de Cosne et que c'était lui qui avait monté le coq sur le toit, il en était fier. Il était pourtant totalement mécréant. Le communisme, pour lui et son copain Auguste, était une religion. J'ai prié le bon Dieu de leur ouvrir la porte de son paradis communiste.

Sa femme à lui s'appelait Germaine. J'ai longtemps confondu Germaine et Suzon, à qui l'une, à qui l'autre. Je leur ai rendu visite après la Libération. J'avais appris pourtant certains détails de leur anatomie. Germaine était une grande alezane avec des boucles d'oreilles en fleurs de marguerite que Fernand lui avait offertes. Suzanne zézayait, elle avait un grain de beauté au bord de son conin étroit et Auguste était bien dedans. Elles leur avaient fait deux enfants chacune. Parfois, sur la corniche, quand les marteaux-piqueurs s'arrêtaient, ils clignaient de l'œil et lançaient :

— Germaine !

— Suzie !

Lorsque les moteurs repartaient après, c'était incroyable, leurs marteaux-piqueurs mordaient un moment la pierre comme s'ils allaient labourer toute la carrière.

Claude me demande si je leur parlais d'elle comme ils me parlaient de leurs femmes. Je réponds que je ne sais plus ce que je leur ai dit, que nous nous connaissions depuis que nous étions petits, qu'elle m'avait mis le grappin dessus tout de suite, qu'à douze ans j'étais un petit rase-mottes à côté d'elle qui me dépassait de la tête et des épaules, mais qu'à seize je l'avais rattrapée et même dépassée.

Elle veut savoir si j'ai dit autre chose. Peut-être que nous avions rendez-vous au bord de la Guirlande. Eux racontaient plus que moi, ils étaient plus vieux, ils avaient davantage de choses à dire, ils parlaient aussi de leurs enfants.

J'avoue que j'ai raconté que j'allais la retrouver à l'école de La Chaize où elle était institutrice chez les bonnes sœurs, je lançais des cailloux à ses volets, elle m'ouvrait, elle n'avait pas de culotte…

— Gros menteur ! Tu n'es venu qu'une fois comme ça et j'avais une culotte !

Je ris et je m'écarte de peur de prendre un coup de bâton.

— Tu ne l'as pas gardée longtemps !

— La faute à qui ?

— On se fichait pas mal de savoir si ce qu'on se disait était vrai. On se racontait des salades. On avait besoin de boniments. Tout le monde parlait d'amour, les jeunes, les vieux, les bien-portants et les malades, sinon comment on aurait tenu ?

18

On est arrivés au fond du trou plein d'arbres et de petites poches d'eau autour desquelles on tourne. Les sapins et les tilleuls des bords de la carrière, surtout, sont drapés de neige. Les pieds des étudiants ont tracé des sentiers et ils remontent maintenant l'escalier par groupes de trois ou quatre en silence. Ce qu'ils ont vu et ce qu'ils entendent dans les écouteurs leur a enlevé le goût des jeux de boules de neige.

Il me semble que c'est là où nous sommes qu'ils cassaient du gravier.

Claude frotte avec son bâton le rocher derrière nous sous l'arbre, elle finit d'épousseter la poudreuse avec son gant.

— Si on s'asseyait un peu ?

Le colonel m'a confié, lors de l'un de nos rendez-vous plus tard, que lorsqu'il m'avait vu entrer dans la cuisine des bonnes sœurs il avait deviné tout de suite que j'étais le garçon dont il avait besoin. Il me voyait solide comme le paysan que j'étais. Je lui racontais l'Espagne et on y aurait passé l'après-midi s'il ne m'avait pas arrêté.

— J'étais pourtant tellement intimidé. J'essayais de vous convaincre.

— Tu piaffais !

Il m'a dit, lorsque je l'ai rejoint à Nantes la première fois :

— Je vais t'emmener en voyage.

On est allés à Brest où on a rencontré Potier qui travaillait à l'arsenal. Le colonel l'a informé que désormais il ne le verrait plus, je serais son contact.

On est allés à Lorient. Le colonel m'a présenté Lesaux.

À Saint-Nazaire, on a vu Donadieu. À La Rochelle, Crémieux. Le colonel, sa 302, le chapeau sur la tête. On a fait halte à Bordeaux chez Saint-Robert, le syndic des pilotes du port, et on a roulé jusqu'à Biarritz, chez Mulard.

À Biarritz, il y avait aussi le comte Jean Deslandes. Le colonel me présentait déjà comme son agent traitant. Sa position de producteur de cinéma lui permettait de circuler librement.

Je me suis baigné à Biarritz, même si l'océan était encore froid début avril. Le colonel était parti, il valait mieux qu'on ne nous voie pas davantage ensemble. Il m'avait donné l'argent pour la location d'une chambre dans le petit hôtel du Rocher de la Vierge et le prix d'un billet de train de deuxième classe que j'ai acheté à la gare La Négresse. Les Allemands étaient à Biarritz. Les croix gammées noires sur les drapeaux rouges flottaient au-dessus des toits du casino.

J'ai tellement pris de trains au temps du colonel.

Hop, je sautais dans le train de Bordeaux. Hop, hop, celui de Brest. Je pouvais être une semaine sans coucher dans un lit. Je dormais sur un banc. Je demandais à ma vieille voisine de compartiment coiffée d'un chapeau de paille noir qui devait avoir connu l'autre guerre et, peut-être, l'autre avant, et qui tenait sur ses genoux serrés un panier d'osier à couvercles qu'on appelait alors une toilette : « Pourrez-vous me réveiller, madame, lorsque le train arrivera en gare ? » Sitôt à Nantes, je sonnais chez mon chef, quai de la Fosse. Le colonel, qui m'ouvrait, se retournait :

— Raymonde, c'est Simon, mon pigeon voyageur !

Raymonde m'embrassait. La femme du colonel avait quelque chose de Micheline Presle, élancée comme elle, avec du feu dans les yeux clairs. Elle aurait pu faire du cinéma, mais le colonel la gardait pour lui.

— Mets-toi à l'aise, mon vieux, me disait-il. Découvre-toi.

Il prononçait ce « mon vieux » avec douceur. C'était sa manière d'être affectueux. Le porte-manteau-perroquet était derrière la porte.

— Tu dois avoir faim et soif.

La fenêtre de la salle à manger donnait sur la Loire. Les rideaux de la défense passive étaient ramenés contre le mur. Mon chef remontait souvent à Paris rencontrer ses amis au prétexte de ses entreprises cinématographiques. J'ai eu tort de prétendre que je n'ai jamais mangé de galettes de blé noir aussi savoureuses que celles de Raymonde. Ça n'a pas plu à Claude.

— Parce que tu crevais de faim, m'a répliqué Claude après la guerre. Dans les gares, tu attrapais ce que tu pouvais !

« Elle met du chouchen dans ses galettes », m'avait soufflé le colonel.

Claude a essayé le chouchen, mais ce n'était pas ça.

— Tu veux que je te dise ce qui manque ? a grogné Claude devant ses galettes à Fougereuse. Je ne suis pas Micheline Presle, et je n'embrasse pas comme elle !

Raymonde nous laissait tout seuls. Le colonel avait retourné ses manches, il allumait une gauloise s'il ne mangeait pas, quelquefois même s'il mangeait, et je lui faisais mon rapport. Rien n'était écrit. Je n'avais pas un papier compromettant dans mon cartable, pas une ligne. Tout était dans la tête. Je répondais aux questions du patron. J'avais enregistré les choses comme ça, presque sans m'en apercevoir.

— Tu régurgites, pigeon, me plaisantait le colonel.

Il me demandait aussi mon avis, parfois. Je n'avais que dix-huit ans.

— Dix-huit ans, c'est comme trente-six, en temps de guerre les années comptent double.

Trente-six ans, c'était l'âge du colonel.

— Mange ! Gave-toi ! Quand tu auras faim dans vingt-quatre heures, tu regretteras cette dernière galette.

Après quelques semaines, avant l'été, j'ai su coder les messages pour Londres. On repoussait les assiettes. Le colonel m'avait appris à chiffrer. On allumait des cigarettes, c'est avec lui que j'ai commencé à fumer, je traduisais sous sa dictée. C'est devenu comme un jeu. J'étais d'une fois l'autre plus rapide. Je n'étais pas passé en Angleterre, mais mes chiffres faisaient la traversée.

Et je glissais le message dans mon soulier, je sautais dans le tram et retrouvais le radio qui changeait tout le temps d'adresse.

C'était la belle vie. Est-ce qu'on va m'en vouloir si je dis ça ? J'avais dix-huit ans. C'est vrai, c'était la guerre. J'étais libre. Je faisais mon devoir. J'étais utile. Ça avait du sens, ce que je faisais. Claude surtout me manquait, que je ne pouvais pas voir autant que j'aurais voulu. Et Fougereuse. Mais j'avais dix-huit ans, hop, hop. Sauf notre échappée espagnole, je n'avais pas bougé de Fougereuse et Saint-Georges avant. Nous avions pris trois fois le train de Plaisir pour aller aux Sables, dont une avec Claude. J'avais maintenant des rendez-vous partout.

J'entrais dans les bars. On m'attendait dans les ports. Je regardais. J'écoutais. Je n'avais pas le temps de me poser. Je repartais. Pigeon, oui, pigeon voyageur.

Est-ce que je peux me permettre ? J'étais heureux. D'une certaine façon, j'étais heureux.

À mon arrivée à Nantes, la Gestapo était boulevard Delorme. Elle a déménagé ensuite place Foch dans l'hôtel de Charette, à côté de la Feldkommandantur et de ses quartiers, dans l'hôtel d'Aux. Les paniers à salade attendaient au bord des trottoirs. Les Nantais faisaient la queue derrière les barrières, les papiers d'identité à la main, les visages gris.

19

Claude demande si on peut pique-niquer, assis sur le rocher.

— Je voudrais bien qu'ils nous l'interdisent ! Je leur parlerais des crève-la-faim qui tendaient leur gamelle ici, à la soupe de midi.

Elle tire du sac à dos les sandwichs au jambon enveloppés dans les serviettes en papier du petit déjeuner.

— Werner Graben, dis-je. C'était le nom de la carrière.

Je pose mon sandwich sur le rocher, me lève et, les moufles en cornet devant la bouche, je crie :

— Werner Graben !

L'écho me répond.

— Tu entends ? Malgré la neige ! Je suis sûr que j'ai entendu le coup de feu qui a tué Étienne.

— Mange !

Je me rassieds. Elle me pousse le sandwich dans la main.

— Mange !

Les grosses raves qui flottaient dans la soupe étaient quelquefois aussi dures que du bois et on les vomissait. La distribution du pain noir comme la misère venait le soir avec vingt grammes de margarine. Contre la margarine tu échangeais une demicigarette. J'ai réclamé, un soir. J'aurais mieux fait de me taire. Je savais, depuis Ziereis, que Kader nous avait à l'œil. J'ai frappé avec ma gamelle au bord du bouteillon parce que, depuis plusieurs jours, il évitait les raves en me servant avec la louche et je n'avais que du bouillon. Il a vidé le bidon de soupe jusqu'à la dernière goutte comme d'habitude et il est allé chercher son fil électrique sans rien dire. Je connaissais le tarif, trente coups, il en avait tué d'autres comme ça. J'ai perdu connaissance au vingtième. Je ne suis pas mort. Les camarades m'ont transporté sur mon châlit. J'ai réussi à me lever le lendemain matin et à marcher avec le commando jusqu'à la carrière. Klaus a vu que j'étais en mauvais état et il m'a laissé tranquille.

— Regarde-les, ceux-là ! Tu les as vus ?

Un homme et une femme traversent dans la neige devant nous. La femme enveloppée dans un manteau de fourrure, l'homme coiffé d'une toque d'astrakan.

— Non mais, quelle audace !

L'homme retient un chien au pelage lustré, noir et feu ; un berger allemand qui tire sur sa longue laisse à enrouleur pour s'élancer dans la bonne neige que personne n'a souillée. Par moments, dans les congères entre les blocs et les arbres, l'animal s'enfonce jusqu'au poitrail et ressort d'une poussée comme si quelque chose le soulevait en dessous. La femme l'appelle, il lève sa tête de chien.

Ça me fait comme avec le chien de la Mercedes. Ça me fiche un coup.

Je n'y arrive pas, avec ces chiens-là. J'ai essayé. C'est plus fort que moi. J'aime les chiens. J'ai grandi avec des chiens à Fougereuse. Ceux-là, je ne peux pas. Le temps n'a pas arrangé l'affaire. Ce n'est pas la faute de ces chiens, qui ne sont pas pires que les autres. Ils en avaient partout avec eux. Ils en avaient fait des loups, encore que je ne sois pas sûr que ce ne soit pas une injure faite aux loups. Müller, le maître-chien de Mauthausen, les privait de gamelle pour les rendre fous. Il menaçait d'enfermer avec eux le Russe et le Polonais qui apportaient la marmite au chenil. Le Russe était grand, le Polonais petit. Müller les avait choisis comme ça exprès. Il riait quand la marmite débordait sur leurs culottes et leurs sabots. Un jour, il a fermé la porte du chenil derrière eux.

Ça me suffoque. Je me retiens. Je sors mon paquet de cigarettes.

— Laisse, me murmure Claude.

Le chien boit au petit lac qui n'est pas gelé.

— Venir ici avec un berger allemand, c'est à croire qu'ils n'ont rien compris !

Je me sens fatigué, soudain. Je ne vais pas avoir le courage d'allumer la cigarette, que je rentre dans le paquet. Claude me regarde faire et me prie des yeux. Elle achève de peler une orange sur ses genoux et souffle sur ses doigts pour les réchauffer parce qu'elle aussi a retiré ses gants. Elle ôte une à une les petites peaux blanches et détache un quartier qu'elle me glisse entre les lèvres.

— Qu'est-ce que tu en as à faire ? dit-elle. Ne t'occupe pas d'eux.

Elle me tend la serviette pour que j'essuie le jus qui a coulé au bord de mes lèvres. Je dis que la femme du résistant Alfred a pédalé sur son vélo, en moyenne cinquante kilomètres par jour, pour porter des messages et des tracts après que les Allemands ont torturé et tué son homme.

— Pourquoi tu me dis ça ?

— Parce que vous êtes les plus fortes, vous les femmes.

Elle fait non de la tête avec son petit sourire tendre.

— Ce n'est pas moi qui ai été déportée.

— Quand même, tu me donnes la becquée et je trouve ça naturel.

Elle se lève, secoue la serviette. Les miettes tombent sur la neige. Un moineau s'approche. Ses empreintes fragiles creusent la neige. Un autre le suit, plus audacieux, il picore les croûtes au ras des pieds de Claude. Je me lève aussi. On renfourne dans le sac à dos, remet les gants. Je renfile les lanières sur mes épaules, Claude m'aide.

Je mets les moufles en cornet devant moi et je crie à nouveau :

— Werner Graben.

L'écho encore. Werner, c'était le nom du propriétaire de la carrière.

On est au pied des marches. Qu'est-ce qui est le plus pénible, la descente ou la remontée ? Chaque marche a ses martyrs. Parfois, pour s'amuser, les SS tendaient leur botte. Le prisonnier tombait avec sa pierre. En tombant, il en entraînait un autre. Ils appelaient ça l'effet domino.

Le vent d'est pique encore dans la montée. La neige est jaune sous le soleil qui arrive à percer, bleue à l'ombre sous les arbres. Claude se tient à mon bras, le bâton dans l'autre main comme moi.

Mais je crois que, cette fois, c'est elle qui me porte. Cent quatre-vingt-six, c'est beaucoup. Mon pied cède, glisse. Je transpire. Les jambes me font mal. Les marches sont terriblement hautes. On s'arrête pour boire. Heureusement je ne tousse pas.

J'ai comme ça des coups de fatigue depuis que je suis malade. Je ne le supporte pas, Claude le sait.

Je dénoue mon écharpe parce que j'étouffe, je déboutonne le col de ma canadienne. Elle devrait me reprocher de me découvrir, je risque d'attraper froid. Elle se tait, me laisse m'appuyer sur elle. Elle se rend disponible et, dans ma colère contre ma faiblesse, ça me retourne le cœur. Elle plaisante quand on arrive enfin aux dernières marches.

— Nous ne l'avons pas fait sur les genoux, mais nous l'avons quand même monté !

Un bus attend sur le parking. Les étudiants semblent déjà partis. On ne se sent pas de redescendre jusqu'au village à pied. Le chauffeur nous ouvre la portière, le moteur tourne, il fait bon à l'intérieur du bus.

L'homme et la femme au chien arrivent sur le parking.

— S'ils viennent ici avec leur bête, je descends !

Ils se dirigent vers les voitures, heureusement. Claude prend ma main. Je n'ai pas particulièrement apprécié les monuments et tous ces grands trucs érigés sur le site, ces phrases ronflantes dans le marbre. Chaque pays y est allé du sien, la France aussi. On dirait une course à l'échalote entre eux. Claude a trouvé bien et juste qu'ils aient gravé les noms des quatre-vingt mille victimes dans ce qu'ils ont appelé la chambre des morts. Il y en aurait eu plus que ça. Oui, je comprends, c'est important pour les familles que le nom de leur disparu soit écrit dans le mémorial.

Un autre couple arrive, plus jeune que les deux au chien. Ils font comme nous, ils tapent des pieds sur le paillasson pour faire tomber la neige de leurs bottes, ils parlent allemand avec le chauffeur.

20

Le bus nous a laissés au bord du fleuve. On s'est arrêtés dans un gasthaus face à l'embarcadère. On a commandé une omelette à la crème qui nous tiendrait lieu de dîner. C'était le milieu de l'après-midi, le ciel était complètement dégagé, le petit vent soufflait, le fleuve lançait des reflets blancs comme l'acier qui faisaient mal aux yeux.

Nous avons retrouvé au garage le mécano de Mauthausen qui n'a pas hésité une seconde. La batterie du pick-up ne résisterait pas au retour. Nous avons même eu de la chance qu'elle ne nous ait pas lâchés en route. Il va en commander une neuve à Vienne qui devrait lui être livrée dans les vingt-quatre heures. Nous pourrons repartir comme nous l'avons prévu.

On regagne l'hôtel. Je demande qu'on nous monte du café, beaucoup de café, un broc de café, une jarre de café. Claude tourne les robinets de la baignoire, impatiente de se plonger dans l'eau.

— J'ai l'impression de sentir la fumée du camp. Tu te baigneras, toi aussi.

Elle va et vient, de la chambre à la salle de bains, en culotte et soutien-gorge. Je lui dis que le café que je viens de lui servir est brûlant et que nous pourrions traverser le fleuve demain, et visiter Ennsdorf sur l'autre rive. Elle demande que je lui apporte la tasse dans la salle de bains. Elle ajoute qu'elle ne devrait même pas en boire à cette heure-ci, le café l'empêchera de dormir.

D'habitude elle n'aime pas trop que je la dérange à sa toilette. Elle est dans l'eau et la mousse les yeux fermés, elle les rouvre, me fait signe de poser la tasse sur le bord de la baignoire, me sourit.

— Merci. Tu veux me masser la tête ?

Elle a de beaux cheveux épais, un crin serré poivre et sel qui frise. Plus jeune, elle se plaignait, elle n'arrivait pas à se coiffer, elle demandait à la coiffeuse de tirer sur ses cheveux alors bien bruns avec un peu du feu des cheveux roux de son père, maintenant elle les brosse, les laisse mousser, c'est son luxe, sa crinière.

Je m'assieds sur le tabouret. Elle ferme les yeux. Je masse doucement et lui demande si elle a encore la migraine, je l'ai surprise à prendre un comprimé.

— On a beau avoir vu des films et lu des livres, murmure-t-elle, ce n'est pas comme être là avec toi.

— Tu penses qu'on a bien fait de venir ?

— On aurait dû plus tôt.

— C'est ma faute.

— C'est la faute à personne. C'est comme ça. J'ai toujours souffert d'être étrangère à ta guerre.

— Eh bien, maintenant, tu ne pourras plus dire ça.

Elle rouvre les yeux.

— Crois-tu qu'on peut se consoler ? Tu penses que je peux te consoler ?

— Tu ne fais que ça ! Il y a longtemps que tu as commencé !

Elle sourit, se redresse :

— Mon café !

Elle boit, me remercie, rentre la tête dans l'eau pour se rincer. J'essuie mes mains à la serviette.

— Je m'en suis tiré parce que je n'ai jamais lâché, sauf une fois, mais ça ne dépendait plus de moi. Quand je suis sorti du Revier, c'était un dimanche. Kader hurlait. On ne travaillait pas le dimanche. Je ne savais pas ce que j'allais devenir. J'avais perdu Auguste et Fernand. Ce salaud m'avait attribué le châlit de Pablo, un Espagnol que les gendarmes français avaient arrêté à Agen. Pablo prospérait grâce aux petits cadeaux de Kader, tout le monde le savait, et il était dangereux comme un sous-kapo. Je me suis assis devant la baraque. Il faisait beau. Le bouteillon de soupe allait arriver. J'étais tout seul et j'étais triste à l'idée que le lendemain matin j'allais repartir avec le commando de la carrière. J'avais maigri. Sans mes amis, Klaus risquait de ne pas me reprendre aux marteaux-piqueurs. J'étais foutu si je me retrouvais à porter les blocs dans l'escalier de la mort. Et le médecin Kowalski est passé avec sa blouse blanche.

— Celui qui t'avait soigné au Revier ?

— Il était déporté mais le kapo du Revier l'appelait « Herr Doktor », parce que le toubib allemand ne se salissait pas souvent les mains à soigner les malades et les blessés, il laissait ça au Polonais. Kowalski m'a demandé si j'étais content d'avoir quitté le bloc des fiévreux. Il parlait français comme beaucoup à l'Est, à l'époque. Je l'ai remercié pour les soins et les huit jours de repos. Il m'a fait signe de le suivre. Nous sommes entrés dans le petit cabinet médical à côté de la salle de douche du Revier. Il a ouvert le tiroir de son bureau et m'a demandé mon bonnet où il a fourré une patate. Il en a ajouté une seconde. Ses yeux étaient d'un bleu très pâle. Il souriait. Il m'a dit qu'il avait soigné les brûlures à la main du cuisinier, je pourrais revenir. Il remplaçait le médecin juif de Mauthausen qui était parti en fumée. Il m'a dit aussi qu'il verrait Böhm, l'Oberführer SS de la carrière, dont il soignait les enfants. Böhm était un assassin comme les autres, pire lorsqu'il se droguait à l'éther, mais il consultait Kowalski pour sa femme et ses enfants. Le lendemain matin, comme promis, mon nom a été prononcé à l'appel. J'étais affecté aux graviers. Le travail était moins pénible. On m'a donné une pelle.

— Pourquoi Kowalski a-t-il fait ça pour toi ?

— Parce qu'il avait eu une préceptrice française à Cracovie. Il avait commencé à réciter en me soignant : « Un pauvre homme passait dans le givre et le vent… »

Claude se lève dans la baignoire et continue : « Je cognai sur ma vitre ; il s'arrêta devant… »

Je décroche le peignoir pour elle. Elle passe dans la chambre. C'est mon tour maintenant. La salle de bains sent la vanille du shampooing de Claude. La crème à la vanille est mon dessert préféré. Les jours de fête, ma mère et Aliénor en remplissaient un grand saladier avec les îles flottantes des blancs battus en neige. Claude a pris le relais. Dès l'enfance j'ai aimé l'odeur de Claude. Il y a des gens qu'on ne peut pas sentir. J'ai aimé l'odeur de sa peau, de sa sueur. Je l'aime encore.

Les odeurs. Pendant des mois, après mon retour, j'ai eu la pestilence du camp dans le nez, elle était incrustée je ne sais pas comment, les médecins n'y pouvaient rien, j'ai cru que je n'arriverais jamais à m'en débarrasser.

Le vent a monté avec la nuit qui vient, il pousse contre la vitre étroite de la salle de bains. Claude téléphone aux enfants. Elle m'apprend que Lucien ne viendra pas nous rejoindre. Il ne peut pas quitter Rome. Il espérait encore être avec nous demain.

— C'est peut-être mieux qu'on ne soit que tous les deux, dis-je.

21

Je n'ai pas eu d'autre amoureuse quand je circulais pour le colonel. J'aurais pu. Il y avait Marie Moreau à Poitiers, Martine Ollivier aux belles jambes sur son vélo à La Rochelle.

Je prenais soin de ma toilette. J'avais les cheveux bien coupés. Il fallait que je sois propre pour ne pas me faire remarquer. J'ai fréquenté les bains-douches de Brest, Bordeaux, Lyon. Le colonel m'a payé un costume neuf quand les manches de ma veste ont été râpées. J'emportais une chemise de rechange dans mon cartable. Je resserrais mon nœud de cravate quand j'approchais d'un contrôle chleuh.

Je me suis appelé Pierre, Jacques, Jean. Les noms des douze apôtres y sont passés. Il me semble que je n'ai jamais eu peur. J'étais fait comme ça. Innocent,

« aux innocents les mains pleines », disait Aliénor. C'est peut-être mon innocence qui a décidé le colonel. J'obéissais. Il commandait. C'est facile d'obéir. Je portais le message. La peur attire la foudre. Je passais les contrôles. Mes bons anges me protégeaient. Les chleuhs ne soupçonnaient pas un jeune homme qui leur tendait en souriant ses papiers.

Il y a des signes. S'ils sont là, il doit y avoir une raison. La raison c'est de nous aider à y voir plus clair. Je revenais un soir, tard, dans le noir, d'un rendez-vous à Tours pour le colonel. Mon pied heurte quelque chose sur les pavés mouillés. Je me penche, qu'est-ce que c'est, pas question de traîner avec le couvre-feu, je ramasse, hop dans la poche. Le lendemain matin, je me lève, cours à la gare, le train va partir. Qu'est-ce que j'ai dans la poche ? Ah oui, hier soir ! Les Feldgrau sont nombreux dans la voiture. Je m'enferme dans les toilettes. C'est bien ce que je pensais, un portefeuille de cuir noir, presque vide, pas d'argent. Mais un portefeuille d'Allemand, la carte d'identité du soldat est à l'intérieur, une tête ronde de père de famille sous une casquette d'officier. Ce portefeuille a dû être volé, vidé de son argent et jeté dans la rue. Qu'est-ce que j'en fais ? Le ballast défile par le trou du chiotte à la turque. Je remets le portefeuille dans ma poche et retourne m'asseoir. C'est une folie, quel intérêt, les chleuhs me fouilleraient, ils m'enfermeraient aussitôt. J'ai rendez-vous avec le colonel après, à Paris, dans un bar. On se retrouve. Je lui fais mon rapport. Le colonel est embêté. Londres voudrait le code des officiers allemands pour fabriquer des faux papiers. Je mets la main à ma poche. « J'ai peut-être ça. » Je sors le portefeuille. Le code est sur la carte d'identité. On l'a télégraphié aussitôt. Ce n'est pas un signe, ça ?

Les Anglais avaient considérablement amélioré le matériel de transmission depuis le début de la guerre. Les valises pesaient alors trente ou quarante kilos. En 42, un poste n'était désormais pas plus gros qu'une boîte à sucre. Le système de radiogoniométrie allemand qui repérait les émetteurs par triangulation obligeait à bouger sans cesse. On a trouvé partout des hommes et des femmes qui nous ont donné la main, pas forcément des résistants. Ça se faisait spontanément sans le dire, ça ne figurera dans aucun livre d'histoire. Je l'ai échappé belle une première fois, en juillet 41, alors que j'apportais un message au radio, à Saumur. Un inconnu, un passant que je n'ai jamais revu, m'a prévenu. Les chleuhs avaient arrêté le radio un quart d'heure avant.

La deuxième fois, la porte s'est ouverte quand j'ai frappé au carreau de l'un de mes correspondants, sous la pluie à Nantes. Un gendarme allemand a appuyé son pistolet sur ma tempe. C'était le soir, ils m'ont amené aux Gestapistes, qui m'ont fouillé. Je n'avais rien sur moi comme d'habitude, que mes faux papiers. Il faisait un temps de chien. J'étais mouillé comme une soupe. Les Gestapistes partaient dîner. Ils avaient déjà coiffé leurs casquettes. J'ai raconté que l'homme chez qui j'avais frappé était le professeur de gymnastique de mon frère, mes parents m'avaient envoyé prévenir qu'il ne pourrait pas venir à la leçon parce qu'il était malade. Les nazis avaient faim. Ils m'ont dit : « Heraus ! Tu reviens te présenter demain, à huit heures. » J'ai fait faux bond au rendez-vous.

La troisième fois, à Nantes encore, en mars 1942. Les Allemands avaient lancé la Grosse Aktion alors que j'étais en mission à Paris. J'aurais été là, j'étais pris dans la nasse. Alors, est-ce que je n'avais pas un ange gardien sur chaque épaule ? Je pouvais dormir tranquille. Le colonel a pensé que ça devenait trop dangereux pour moi. Il allait falloir me trouver un vol pour l'Angleterre.

22

— Qu'est-ce que tu fabriques, m'interroge Claude, tu vas rester dans l'eau toute la soirée ?

— Pourquoi pas tout le reste de ma vie ? Je me baigne dans les eaux du Danube. Est-ce que je ne l'ai pas mérité ?

Elle s'est couchée. Je reviens dans la chambre, la cigarette à la bouche. Le vent a dû forcir encore, le bois de la fenêtre craque.

— Éteins ta cigarette, s'il te plaît, me prie-t-elle quand je vais me coucher, tu mettrais le feu à la chambre.

Je m'assieds au bord du lit pour finir mon mégot.

— Une nuit, à Collioure sur la route d'Espagne, nous avons dormi dans une capitelle de pierres sèches sur la montagne au milieu des vignes, Jacky et moi.

Cette capitelle, ce n'était qu'un tas de cailloux violets comme un terrier de lapin en surplomb de la mer. Tout d'un coup le vent a commencé à beugler. C'était autre chose que ce qu'on entend maintenant. On était couchés sur de la paille tous les deux. Le vent soufflait d'en bas, de la mer qu'on ne voyait plus. On aurait dit qu'un troupeau montait la côte et que les bêtes se poursuivaient en s'affolant sur les pierres et n'en finissaient pas de passer. La terre tremblait. Il n'y avait pas une étoile. Une brume grise dans le noir, que le vent renouvelait sans cesse, nous enveloppait. Ça a duré toute la nuit. La capitelle n'avait pas de porte. J'avais la tête sur ma musette, au ras de l'entrée. Jacky était au fond. Je pensais à toi, à nous. Nous ne savions pas où nous allions. Les pierres plates du toit au-dessus de moi claquaient des dents. Nous n'avons pas dormi. J'ai dû fermer les yeux, sur le matin. Quand je les ai ouverts, c'était fini. Le troupeau était parti. La montagne silencieuse. Le soleil se levait sur la mer bleue et Collioure, l'église, le village, le port.

J'écrase ma cigarette, me glisse entre les draps. Les rideaux de la chambre sont entrouverts. À Fougereuse, on dort les volets ouverts. C'est moi qui l'ai voulu à mon retour du camp. Je ne supportais pas d'être enfermé. J'ai besoin des étoiles, de la lune et du noir du dehors tout simplement. On laisse aussi entrer la nuit quand on dort ailleurs. Les lumières de la promenade du bord du fleuve nous éclairent un peu. Le vent s'excite contre les vitres.

Je crie. On est au milieu de la nuit, je dors, mais je crie. Claude allume la lumière.

— Qu'est-ce que tu as ? Je suis là.

Pendant des années, après le retour du camp, les coups de sang dans mon sommeil, comme ça, ont été fréquents.

— Je suis là, chéri. Calme-toi.

Je me redresse, je transpire.

— Tu rêvais, Simon, réveille-toi.

Je me détends, respire. Claude me sourit.

— Où étais-tu ?

Je tousse.

— Je ne sais pas. Ils me couraient après.

— Tu m'as donné un coup de pied !

Je tousse encore. Elle me touche le front, se lève, va dans la salle de bains. Elle revient avec la tablette de cachets et le Thermoflash qu'elle promène au bord de mon front. Les frissons de mon rêve me reviennent et m'assaillent dès que je ferme les yeux.

— C'est bien ce que je pensais, tu as de la fièvre.

— Beaucoup ?

— Un peu plus de 38, mais le médecin a dit qu'il n'en fallait pas du tout. Tu as pris froid dans la carrière.

Elle repart dans la salle de bains, apporte un verre d'eau.

— Je m'en veux. Je t'ai laissé te découvrir.

— Je n'ai pas eu froid.

Elle a mis le peignoir sur ses épaules. Elle remonte un peu le chauffage qu'on a baissé avant de dormir.

— Couche-toi. Tu vas prendre froid toi aussi.

— Nous ne passerons pas de l'autre côté du fleuve demain, si tu n'es pas bien.

Elle s'allonge, éteint et s'approche de moi, pas trop près. Elle tend le bras, me touche le front, la joue, pour vérifier encore ma température. Le vent pousse toujours contre la fenêtre.

— Dans mon rêve, je courais dans les bois de Mauthausen et leurs chiens aboyaient après moi.

23

Elle dort encore quand je me réveille, le lendemain matin. Le jour n'est pas levé. J'emporte sans bruit avec moi le reste de la cafetière de la veille, la tasse, et je m'enferme dans la salle de bains. Le tube de néon bourdonne.

Je n'aime pas le visage qui me regarde dans le miroir au-dessus du lavabo. Une barbe grise lui hérisse les joues. Il a plein de rides partout, une veine bleue lui court sous la paupière. Il aurait dû venir plus tôt à Mauthausen. Il a attendu d'être malade. Il est une charge pour elle. Toujours des femmes se sont occupées de lui, sa mère, sa grand-mère, et Claude, Claude à sept ans, à douze, à quinze, à dix-huit ans, à vingt-cinq, à quatre-vingt-six ans. Qu'est-ce que j'ai fait tout le temps sinon m'occuper de moi ? J'avais besoin, j'appelais, elles étaient là, quelquefois même avant.

Claude est tactile. À sept, huit ans, dans la rue, « en compagnie » devant les gens, elle n'hésitait pas à me tenir par la main. Les gens riaient. J'étais gêné mais fier en même temps, je n'étais pas tout seul. Un jour, en ce temps-là, j'ai pensé lui faire plaisir, je lui ai dit : tu es ma sœur. Elle a rougi, s'est fâchée, non, je ne suis pas ta sœur !

À quinze ans, ses parents et les miens nous reprochaient d'être trop souvent ensemble. Claude avait atteint sa taille d'adulte. Elle était plus mince alors, ses jambes semblaient plus longues, sa taille plus flexible, ses cheveux devenaient fauves au soleil l'été, elle me fixait dans les yeux sans sourciller, sans rire, et ses prunelles vertes baignaient dans une eau claire. Aliénor nous avait à l'œil. Elle nous avertissait de ne pas jouer avec le feu. On ne va pas vous marier déjà, disait-elle. Méfiez-vous de vous ! insistait-elle. Elle savait de quoi elle parlait. Elle était bien placée pour le savoir.

Je m'assieds sur le tabouret de la salle de bains et je tourne le dos à ce vieux dans la glace pour boire mon café tranquille.

Lorsque la porte s'ouvre, j'ai du savon à barbe sur les joues.

— Qu'est-ce que tu fais ?

— Tu vois, je me prépare.

— À quoi ?

— Notre excursion de l'autre côté du fleuve, à Ennsdorf.

— Tu n'as plus de fièvre ?

— Ça va. J'ai fait un cauchemar. C'est tout.

Je dis ça mais ç'a été difficile tout à l'heure, les premières minutes, la première gorgée de café. J'ai du savon à barbe sur la joue gauche et le cou. Je commence toujours par la droite, la gauche ensuite, et enfin le cou, les plis dessous, la pomme d'Adam. Il y a des gens négligés qui ne se rasent pas à la base du cou et qui laissent déborder une sorte de duvet de canard de leur col de chemise.

Je dis :

— Krupp.

— Quoi, Krupp ?

— Le friseur du camp s'appelait Krupp.

Claude a repris le Thermoflash.

— Arrête. Laisse ça. Je te dis que ça va.

Elle le pointe quand même et vérifie sur l'écran.

— Presque 38.

— Ce n'est pas de la fièvre. Ça ne nous empêchera pas de prendre le bateau.

— Pourquoi veux-tu traverser ?

— Parce qu'on est venus là pour ça. J'y suis allé. Je veux que tu voies. J'en ai envie. Quand on était enfermés là-haut on rêvait d'aller là-bas. Lorsque les Américains sont arrivés, tous ceux qui en avaient la force et le temps n'avaient que ça en tête : traverser le fleuve, passer de l'autre côté.

Elle me regarde, pointe à nouveau le Thermoflash.

— Ça n'est pas raisonnable.

J'essuie sur mes joues les traces de savon à barbe avec la serviette.

— Il va faire beau. Tu parles comme ton fils Emmanuel. Est-ce qu'on est dans le raisonnable ? On emportera les cachets.

Elle presse la main sur mon épaule, les yeux tout brillants.

24

Elle a posé sur le lit les vêtements que je mettrai aujourd'hui. C'est elle qui m'habille tous les jours. Je ne crois pas que nous soyons sortis une fois depuis que nous sommes ensemble sans que je lui demande : « Je mets ça ? Qu'est-ce que tu en penses ? » Je n'aime pas traîner dans les magasins. Elle connaît par cœur mon tour de cou, d'épaules, de taille. Elle achète pour moi, et c'est très bien. Il n'y a que pour les chaussures qu'il faut quand même que je me déplace. Elle veut que je prenne en plus aujourd'hui la chemise molletonnée à cause de ma petite fièvre.

Elle me prie de lui apporter dans la salle de bains ses chaussettes bouclette qu'elle a oublié de sortir du sac. Elle les mettra par-dessus ses collants à cause de la neige. On a quand même eu froid aux pieds hier. Je l'aide à remonter dans son dos la fermeture éclair de sa robe. Elle n'a plus tout à fait la silhouette d'autrefois. Les gens souriraient peut-être s'ils savaient que je trouve ma femme encore gracieuse. À quatre-vingt-six ans ! Le danger, de l'avis de Claude, est de ne s'occuper que de soi, mais il faut faire bonne figure. Chaque soir, avant de se coucher, elle se frictionne le visage avec de l'eau de rose.

On a dormi pour la première fois ensemble la nuit du 3 au 4 juillet 1942. Enfin la nuit, un trois quarts de nuit, six heures et demie, de dix heures et demie du soir à cinq heures du matin parce que j'avais un train à prendre.

Je rentrais de Bordeaux. Je m'étais arrêté quelquefois au passage embrasser mes parents et Aliénor, et Claude, à Fougereuse. La séparation était toujours douloureuse, mais je pouvais m'estimer chanceux comparé à la foule des prisonniers ou des mobilisés par le STO. J'avais appris que mon camarade Jacky avait refusé d'être enrôlé, là-haut dans ses Ardennes, il avait choisi la clandestinité et j'espérais bien, à l'occasion d'un de mes voyages, avoir le plaisir de le retrouver. Mais je m'étais promis aussi, je ne l'avais pas dit à Claude, de lui faire la surprise de la rejoindre un jour à son école de La Chaize.

J'ai soulevé mon chapeau devant le chef d'équipe de la manœuvre à la compagnie du chemin de fer, lorsque le train s'est arrêté en gare de La Roche, et je lui ai promis que je lui rapporterais le vélo que je lui empruntais pour le train de six heures douze du matin. Il était un peu plus de neuf heures du soir. Il faisait encore chaud et déjà brun sous les arbres dans la campagne après la sortie de la ville. Les oiseaux se couchaient, quelques-uns se levaient parce que le pédalier ferraillait, ce qui n'était pas pour me rassurer à cause du couvre-feu. C'était un vendredi. J'étais sûr que Claude était à son école.

J'ai salué de loin, en pédalant, ma mère, mon père, ma grand-mère, les champs, les vaches, je répétais cette litanie à chaque fois que mon train traversait le pays. Je me sentais un peu coupable, ce soir-là, de ne pas les saluer pour de vrai.

Quand je suis arrivé à La Chaize, la nuit était là, la lune aussi. Une nuit blanche de juillet avec les ombres bleues des maisons. Il faisait tiède encore. La campagne sentait le foin. La fenêtre de la chambre de Claude à l'étage de la communauté des bonnes sœurs était la dernière sous le toit en pente de la petite maison qui jouxtait la plus grande construction, Claude me l'avait expliqué. Je suis sûr, elle m'a juré le contraire, qu'elle avait une idée derrière la tête. Je n'étais jamais venu dans sa chambre de l'école. C'était la règle, les amoureux attendaient la nuit de noces, officiellement du moins, ou alors il fallait faire très attention. C'était ce que nous avait recommandé Aliénor qui avait dû se réfugier chez sa marraine parce qu'elle était enceinte avant le mariage. Sa mère, mon arrière-grand-mère, l'avait chassée de la maison et elle n'avait eu le droit de remettre les pieds chez elle qu'après la naissance de son fils, mon oncle Eugène tué à Verdun. La fête de la noce avait été annulée, la bénédiction à l'église célébrée au petit jour à la sauvette, sans sonnerie de cloches. On a été élevés à cette école-là, Claude et moi, le péché mortel, la confession, l'acte de contrition, l'enfer, le paradis, mais nous ne nous étions pas vus depuis le mois de mai, depuis que le colonel m'avait domicilié à Paris, et lui aussi, parce que Nantes devenait trop dangereuse.

Tous les contrevents étaient fermés à double tour, on disait « à trac » à Fougereuse. Il n'était pas si tard. L'école est à la sortie du village. J'ai lancé d'abord une poignée de graviers contre les volets. La sœur Madeleine, la cuisinière, dormait, paraît-il, dans la chambre à côté de celle de Claude. Puis j'ai lancé un caillou plus gros qui a fait un bruit énorme contre le bois. J'ai recommencé. Un chien s'est mis à aboyer. Le contrevent s'est entrouvert lentement. J'ai chuchoté :

— Claude.

Son profil bien dessiné s'est avancé sous la lune.

La nuit était claire comme en plein jour. Le chien aboyait.

— Va au portail. Je vais t'ouvrir.

Le portail en bois de la cour de l'école avec une croix en haut. Le chien aboyait toujours. J'ai entendu glisser lentement les deux verrous du haut et du bas. Claude m'a tiré par le bras. Elle a refermé derrière moi et s'est jetée tremblante contre moi dans l'ombre du portail.

— Retiens-moi. Je vais tomber.

Elle était adossée au portail, en chemise de nuit. On s'embrassait. Le chien a fini d'aboyer.

Elle a demandé :

— Comment es-tu venu ?

Elle gémissait en m'embrassant.

— Tu sens le voyage. La fumée du train et le tabac.

Elle m'a pris par la main. On a traversé la cour. Comment a-t-on fait ? Elle s'est retournée, a posé l'index sur ma bouche devant la porte du couloir des chambres. Il y avait des fleurs près du seuil, une odeur d'arums. Pas un souffle ne se faisait entendre. Elle s'est penchée et a guidé mes pieds pour les poser sur les patins. On a glissé sur le parquet ciré, lentement, comme si on marchait sur l'eau, et je crois qu'on marchait sur l'eau.

Le bois de la porte de la chambre a craqué.

— Ça le fait toujours, a chuchoté Claude en tournant la clé.

Elle a poussé les contrevents qu'elle avait laissés en tuile. La lumière blanche de la lune s'est vautrée sur le plancher. Le lit de Claude était un lit étroit de cellule de religieuse. C'était une folie. Les cloisons des chambres étaient des cloisons de brique. La petite sœur Madeleine prétendait qu'elle avait le sommeil léger. Quelque chose a tourbillonné autour de nos corps nus. Claude a chuchoté à mon oreille :

— Les chauves-souris.

Elle a ri tout bas.

— Le Saint-Esprit !

Deux chauves-souris entraient et ressortaient par la fenêtre dans la lumière de lune, virevoltaient audessus de nous et jouaient à nous frôler.

Claude a tremblé soudain un peu.

— Tu crois que le Saint-Esprit nous voit ?

— Il nous voit. Il est jaloux. Il voudrait prendre ma place.

— Tais-toi, n'insulte pas Dieu.

La chauve-souris a effleuré mon dos. J'ai essayé de la chasser.

— Pas si fort, les sœurs vont nous entendre !

Je suis parti avant cinq heures quand les premières étoiles commencent à vaciller. On a fait le chemin inverse dans la maison des sœurs, les pieds sur les patins, et Claude qui pleurait comme une Madeleine, en silence.

Je lui ai juré que je reviendrais.

J'avais laissé le vélo dans le fossé avant l'école. La rosée a mouillé mes souliers dans la grande herbe du bas-côté, lorsqu'un chien est venu me renifler, peut-être celui qui aboyait à mon arrivée. Claude m'a dit que le tour de ses lèvres, râpé par ma barbe, la brûlait. Il l'a brûlée pendant plusieurs jours. Elle aurait bien voulu que ce feu ne s'éteigne jamais.

Elle me l'a dit longtemps après. Je ne suis pas revenu. Je ne suis pas sûr que le colonel ait eu raison quand il m'a affirmé qu'il ne faut pas trop aimer. Les chleuhs m'ont arrêté huit jours après. Et quand j'étais dans ma cellule, quand je souffrais, quand j'étais dans l'enfer du camp, je me rappelais cette nuit d'été dans la chambre-cellule de Claude, les chauves-souris, j'étais au paradis. J'avais eu au moins ça.

Et Claude m'a dit à mon retour qu'elle se répétait tous les jours, alors qu'elle se demandait si j'étais en vie, si elle me reverrait jamais, et alors qu'elle priait le bon Dieu et que les sœurs priaient avec elle aussi, comme j'étais amoureuse, comme nous étions heureux, j'étais tout étourdie, comme nous avons bien fait, même si c'était un péché !

Cobra m'a trahi. Je lui prêtais ma chambre sous les toits rue Notre-Dame-de-Lorette.

Il était agent de liaison et avait fui Bordeaux où, paraît-il, on le recherchait. Je n'avais croisé le traître qu'une fois à Libourne dans un bar, face au lycée, un grand type un peu mou, le regard inquiet, le coupable idéal, je l'avais dit au colonel, je n'avais pas confiance, nous nous étions assis avant de nous quitter devant les marques à la craie d'une marelle enfantine sous les jeunes arbres de la place et c'était moi qui lui avais conseillé, s'il se sentait en danger, de venir se cacher à Paris. Je ne pouvais pas savoir que, s'il était si coincé, c'était que son père collabo menaçait de le livrer à la Gestapo s'il ne changeait pas de camp. Ma chambre était libre puisque j'étais toujours parti. J'y laissais quelques affaires, ma valise en bois de Fougereuse, une paire de pantalons, des sous-vêtements, et dans un coffret en fer fermé à clé les lettres de Claude. Cobra a dit aux Allemands : « Il suffit d'attendre, il viendra, ses affaires sont là. »

Je n'ai pas été bon ce jour-là, je n'ai pas été aidé, n'ai rien vu, rien soupçonné.

C'est dangereux de croire qu'on a gagné avant la bataille. Je devais être encore sur mon petit nuage de La Chaize, huit jours après. La traction des chleuhs stationnée au bord du trottoir ne m'a pas alerté. Normalement j'aurais dû me sauver.

J'ai monté l'escalier tranquille avec le double des clés. La chaleur était lourde sous les ardoises. Des pigeons de Montmartre marchaient sur les gouttières. La clé était dans la serrure à l'intérieur. Je n'ai pas eu le temps de frapper à la porte, deux pistolets se sont appuyés sur ma tête et ma poitrine. Deux grands nazis à chapeaux de cuir à bord étroit m'ont assis sur le lit et passé les bracelets. Mon coffret était ouvert et les lettres de Claude répandues sur la table.

Leur traction attendait place Adolphe-Max. C'était le milieu de l'après-midi. Je suis sûr d'avoir entendu les pigeons sur la gouttière. Pourtant à cette heure-là, par cette chaleur, les pigeons ne circulent pas, ils somnolent à l'ombre, du sommeil du juste.

Ils m'ont poussé dans la voiture en manches de chemise, le col ouvert, la cravate dans la poche et m'ont jeté sur les genoux la veste que je portais sur le bras. Cobra, à côté de moi, puait la sueur.

Et j'ai disparu de la totalité du monde, ce jour-là, pour ressusciter trois ans plus tard.

25

Ils m'ont conduit rue des Saussaies, au siège de la Gestapo. L'officier SS parlait français, presque sans accent, grand, mince, serré dans sa veste d'uniforme comme dans un corset.

Il m'a parlé en souriant de ses vacances d'enfant à Bénodet. Son père et lui partaient en mer sur le petit langoustier d'un vieux marin et ils levaient les casiers. Son père exigeait qu'à bord il ne parle que français. Il m'a dit, comme à un ami, qu'il souhaitait que reviennent vite les jours heureux de la langouste.

Il a écrasé sa cigarette, s'est levé de son siège et m'a délicatement demandé, comme dans le cabinet du médecin :

— Déshabillez-vous.

J'ai hésité. Il a répété :

— Déshabillez-vous, la chemise, le pantalon, les souliers, les chaussettes.

Une secrétaire blonde tapait à la machine sur la petite table à côté du bureau. Il a disparu dans la pièce à côté. J'ai commencé à me déshabiller lentement, la chemise, le pantalon. J'ai posé mes vêtements sur le dossier de la chaise. La secrétaire m'a indiqué des yeux que c'était bien comme ça.

J'ai attendu, bras croisés. Un bruit de moteur montait de la cour en bas, par la fenêtre ouverte. J'étais plutôt maigre, la peau blanche. L'année et demie à cavaler ne m'avait pas apporté de gras.

Le nazi est revenu et m'a lancé d'un ton sec :

— Le slip aussi.

Il me dévisageait maintenant comme s'il ne m'avait pas parlé du langoustier tout à l'heure. J'ai descendu mon slip. À Fougereuse, même pour se laver les pieds, mon père s'isolait dans le débarras qu'on appelait la souillarde.

— Enlevez-le ! s'est emporté le SS agacé par ma lenteur. Inclinez-vous !

J'ai courbé le dos.

— Plus bas !

La secrétaire regardait.

— Levez un bras ! L'autre ! Une jambe ! L'autre !

Il s'est approché. D'un geste brusque, il m'a saisi la verge et l'a décalottée. Ses ongles m'ont fait mal. Il m'a relâché, a sorti un mouchoir de sa poche de pantalon et s'est essuyé les mains. Il s'est tourné vers la secrétaire, le sourire aimable retrouvé.

— Martha, vous pouvez aller chercher nos amis, ils vont prendre livraison de leur protégé et le conduire à la Santé.

Il s'est retourné vers moi et m'a examiné, nu, de la tête aux pieds, souriant encore, l'air étonné comme s'il me découvrait déshabillé dans son bureau.

— Habillez-vous.

Il a signé le papier qu'il a remis à la secrétaire. Elle est passée à côté de moi dans un nuage de parfum bon marché, une grande Allemande en jupe longue comme on en croisait sur les trottoirs de Paris, une souris grise.

26

J'avais interrogé le colonel sur la torture et il m'avait répondu qu'il ignorait sa propre capacité de résistance. Certains qu'on croyait solides s'écroulaient très vite. Il m'avait refusé la capsule de cyanure.

Ils m'ont tiré de ma cellule dès le lendemain, menotté les mains dans le dos au dossier de la chaise où ils m'ont assis. Ils étaient quatre, deux Français sans doute, et deux Allemands qui me posaient les mêmes questions : « Pour qui travailles-tu ? Qui vois-tu ? Où ? Quand ? » La première volée de claques m'a tourné la tête. Les coups de poing à la figure ensuite. Quand ils m'ont frappé à l'estomac, j'ai volé par terre avec la chaise.

Je savais que Cobra ne connaissait de mes activités que les liens que j'avais avec lui, presque rien, et je leur ai répété ce qu'ils savaient déjà. Je leur ai dit que, comme lui, j'étais venu à Paris pour me mettre à l'abri. Ils m'ont allongé sur la table et ils ont continué.

Quand ils m'ont balancé après sur la paillasse de ma cellule, le bruit que j'ai fait était celui d'un quartier de veau sur la table du boucher.

Ils sont revenus me chercher trois jours après et ils ont recommencé la danse. Je souhaitais qu'ils frappent plus fort pour m'évanouir et ne plus rien sentir, bien sûr la souffrance était là quand je reprenais connaissance. Ça a duré comme ça pendant quinze jours. Entre les séances, je me creusais la cervelle pour inventer des réponses convenables à leurs questions, avoir l'air et ne pas trahir. J'aurais parlé, je mettais en danger le réseau tout entier.

Ils ont cessé après trois semaines. Je pense que, comme le colonel l'avait imaginé, ma jeunesse m'a favorisé. Ils ne m'ont pas accordé d'importance. Ils n'ont pas soupçonné mon activité à son service et ils m'ont oublié après m'avoir cuisiné.

Mais je suis resté trois mois à la Santé, enchaîné jour et nuit dans le quartier des condamnés à mort. J'ai appris à dormir menotté les mains dans le dos, les muscles font mal les uns après les autres, se crispent, la poitrine se prend dans un étau. Pour ne pas étouffer, il faut glisser le traversin entre les jambes et sous le menton et dégager ainsi le buste. Le jeune Français qui m'apportait ma gamelle tremblait comme s'il avait peur, comme si c'était à moi de le consoler. Il avait la tête de Roger Prêchais, le jeune gars de l'Assistance publique qui avait travaillé chez nous et qui m'avait appris à nager dans la Guirlande l'été de mes douze ans. Je lui ai demandé son nom, il ne m'a pas répondu. Mais le lendemain, il a murmuré tout bas pour que le vieux qui distribuait avec lui n'entende pas :

— Marcel.

— Marcel comment ?

— Marcel Dupont.

Marcel Dupont a été mon seul vrai visage d'homme pendant trois mois. J'ai essayé de le retrouver après la guerre, mais il y a beaucoup de Marcel Dupont en France, je ne suis jamais tombé sur le bon. C'est lui qui m'a appris que quelqu'un, mandaté par ma famille, était venu prendre de mes nouvelles à la prison. Il m'a apporté un jeu de cartes. C'était idiot. Est-ce que je pouvais jouer aux cartes avec les bracelets ? Mais Marcel avait raison, j'ai pu jongler quelques réussites, les mains dans le dos, les cartes sur ma paillasse.

Je me suis occupé l'esprit à mouliner mes voyages. On n'imagine pas tout ce qu'on peut enregistrer sans s'en apercevoir quand on est libre. L'isolement me faisait retrouver des petits chemins, des gares, des hommes et des femmes que je n'avais pas remarqués, leurs voix me revenaient, leurs rires, leurs airs avec leurs chapeaux, leurs bérets, leur renard autour de leur cou. Je me suis envolé. Je redevenais pigeon. On a découvert sur des pigeons connectés qu'ils se basaient sur des repères familiers comme les rivières, les autoroutes ou les collines pour localiser leur point de départ. Ils se souvenaient des bois où ils s'étaient posés, des champs où ils avaient mangé, des passages où ils s'exposaient aux éperviers ou aux fusils des chasseurs. Pendant la guerre, des pilotes se sont attaché ces oiseaux et les ont emmenés avec eux. Quand ils ont été obligés d'atterrir d'urgence, les pigeons sont retournés avertir les sauveteurs et ils ont sauvé leurs vies.

J'ai déraillé pendant une période d'exaltations mystiques. J'anticipais, j'étais dans le couloir de la mort, je me projetais déjà au paradis et j'engageais de longues conversations avec Jésus, Marie, et mes camarades du ciel. L'aumônier allemand de la Santé m'a dit que ça n'était pas la solution, ça n'allait pas du tout, je devais revenir sur terre. Son intervention m'a obtenu d'être déplacé à Fresnes, où ils m'ont enfermé, au secret encore, pendant presque quatre mois, mais sans les chaînes.

Et puis un matin de mars 43, « Heraus ! Transport ! ». Je me suis retrouvé soudain gare de l'Est avec des camarades, Étienne, Auguste, Fernand, que je ne connaissais pas et qui ne savaient pas eux non plus où on nous emmenait. On a été menottés deux par deux jusqu'à Trèves.

27

Il a neigé un peu sur le matin, paraît-il, je ne m'en suis pas aperçu, je dormais. C'est Claude qui me l'a dit. J'imagine que ma fièvre n'a pas favorisé son sommeil, même si elle m'affirme le contraire. Le manteau s'est épaissi de deux ou trois centimètres et Mauthausen est encore tout engourdi. On s'enfonce en marchant vers le fleuve, mais on n'a pas de temps à perdre si on veut prendre la première navette de traversée du Danube.

Elle est là, à quai. Un marin nous tend la main pour nous aider sur la passerelle. Une quinzaine de passagers allemands ou autrichiens en anoraks et parkas de couleurs pas possibles sont déjà à bord. Ils parlent fort, rient, se bousculent aux fenêtres à glissières qu'ils ont ouvertes. Il y aurait des places à l'avant sur le pont, mais Claude refuse, pas après cette nuit, avec ce que j'ai, on reste à l'intérieur.

Elle a serré en double nœud mon écharpe sous ma gorge. Je suis emmitouflé dans ma casquette à oreilles, le col de la canadienne relevé.

Pourtant, il ne fait pas si froid. Il gèle encore, mais la neige a tout apaisé. Le vent est tombé. Le soleil jaune émerge des brumes qui traînent sur le fleuve. Il va faire beau. Le bateau tangue tandis que les marins vont et viennent. Le moteur de la vedette ronronne au ralenti. La banquette vibre un peu.

Claude garde le sac à dos auprès d'elle sur le siège. J'enlève ma casquette. Elle me lance un regard de reproche, j'aurais pu la garder encore, un vilain courant d'air circule entre la porte et les fenêtres ouvertes. Ne t'inquiète pas. Je suis bien. Les œufs brouillés du petit déjeuner étaient parfaits. J'avais faim. L'oncologue a recommandé les œufs. J'ai demandé à Beate qui traversait la salle du petit déjeuner ce que le cuisinier y avait ajouté. De la crème, les Autrichiens mettent de la crème partout. Les œufs avaient le goût des omelettes de ma mère. Elle leur ajoutait toujours un peu de lait avant de les battre à la fourchette. Ce que je reprochais quelquefois aux siens, c'étaient les longs filaments crus qu'elle y laissait.

Ils ont retiré la passerelle. Le marin du quai lance les amarres au marin du bord. Le moteur ronfle, gronde, et soudain sans qu'on s'en soit aperçus on a quitté la terre.

— Ça ne bougera pas beaucoup aujourd'hui, dis-je à Claude. Le fleuve est lisse. Il n'est pas toujours comme ça.

Elle ne répond pas. Elle n'est jamais rassurée en bateau, même dans notre barque de Fougereuse sur la Guirlande.

Les trois ou quatre passagers restés dehors reviennent. La femme devant nous referme un peu la vitre. Les passagers allemands ont sorti des confiseries, des sandwichs et des bouteilles de leurs sacs. Ils continuent de s'interpeller et de rire comme s'il n'y avait qu'eux. Je me penche à l'oreille de Claude :

— Je crois que je vais sortir.

— Tu auras froid.

Je lui dis que j'ai du mal avec ces voix allemandes qui me crient dans les oreilles. Elle pince les lèvres, grogne. J'insiste.

— Tu veux que je vienne avec toi ?

— Si tu veux.

Elle s'agrippe à la rampe et à moi pour monter les quelques marches vers le pont.

Elle ne me lâche pas et on reste là un moment, sans parler, contre le garde-corps dans l'air vif qui fouette et suffoque malgré tout au milieu du fleuve. C'est là que la vallée du Danube s'ouvre à la rivière Enns qui vient s'y jeter. On dirait un lac. Le clocher d'Ennsdorf est là-bas devant. Je ne le dis pas à Claude mais, c'est plus fort que moi, quand je pense à Ennsdorf, j'ai encore l'intérieur du ventre qui se noue et un spasme comme à notre arrivée à Mauthausen.

— Ça devrait être un paradis, murmure-t-elle.

— C'est un paradis. Le Danube n'est pas responsable des horreurs des hommes, elles ne doivent pas nous empêcher de reconnaître sa beauté.

Le sillage de la vedette s'étale en vagues argentées et au loin, là-bas, dans le grand V de la vallée couverte de neige, sous le soleil qui a complètement percé, le fleuve est bleu, bleu vraiment, couleur porcelaine du ciel avec les quelques petits nuages qui y flottent.

Je crie par-dessus les grondements du moteur :

— Je ne sais pas si je l'ai jamais vu comme ça.

Et :

— La barge autrefois allait beaucoup moins vite.

Claude plisse les paupières, éblouie, la main en visière sur les yeux. Je tousse, une fois, deux. Elle se tourne vers moi, inquiète. Je ne tousse plus.

Un vol de cormorans passe au-dessus de nous à la remontée du fleuve. Et je dis, je ne sais pas pourquoi, enfin si je le sais :

— J'ai surpris cinq chevreuils dans la prairie, quand je suis descendu voir les chevaux, il y a quelques jours, la veille de notre départ. Une branchette a craqué sous ma botte. Les cinq têtes se sont relevées en même temps. Ils ne m'ont pas vu, je crois, derrière la haie. Pourtant, l'un derrière l'autre, en silence, par la même trouée, ils ont sauté le talus de la lisière et disparu de l'autre côté.

On approche de la ligne de jonction des eaux de la rivière et du fleuve où les alluvions remontent en écume jaune.

— Il se pourrait qu'à cet endroit on soit brassés un peu, dis-je.

Et Claude :

— J'ai froid. On rentre.

28

Si j'ai eu un bon ange gardien, c'est le médecin Kowalski.

Les convois de déportés russes m'ont aidé aussi. À l'été 43, l'armée des Soviets, qui avait gagné à Stalingrad en février, était sur le point de l'emporter à la bataille de Koursk. Quand les prisonniers russes arrivaient à Mauthausen, les SS se précipitaient en hurlant sur les grands Russes et les massacraient. Pendant ce temps, ils s'occupaient un peu moins de nous.

Les patates et les rutabagas de Kowalski dans mon bonnet m'ont permis de tenir. J'ai pelleté le gravier dans les camions de la carrière, en décembre 43 et janvier 44, sous la neige. Nos vêtements n'avaient pas le temps de sécher pendant la nuit et j'ai attrapé la gale.

La gale était la mort, comme les poux. Kader tuait pour la gale.

L'éruption m'est apparue d'abord entre les doigts, puis sur les poignets, les aisselles, les fesses, le sexe, par plaques rouges, des boutons suintants qui démangeaient. Je l'ai cachée aussi longtemps que j'ai pu et j'ai couru me montrer au Polonais qui m'a badigeonné de pétrole et de goudron, de la tête aux pieds, et m'a couché dans le bloc des galeux.

Trois par châlit, tête-bêche, il ne pouvait pas mieux, celui du milieu profitait des grattements des voisins à droite et à gauche. Mais le pire était le bloc des dysentériques. Les Doktor nazis n'y mettaient pas les pieds. Ils restaient sur le seuil et montraient du doigt :

— Cette rangée. Celle-ci !

Le kapo entrait avec la seringue et l'aiguille, et administrait la dose de phénol. Le malade mourait aussitôt. La charrette attendait dehors. Les autres malades aux fenêtres du Revier prenaient des paris.

— Combien y en aura-t-il aujourd'hui ?

La récompense pour les gagnants était une cigarette, une ration de pain, une gamelle de soupe.

La plaie de ma fistule s'est rouverte pendant que j'étais chez les galeux. La seule option pour me guérir était l'opération, qui se pratiquait en général à vif, sans anesthésie. Kowalski s'est procuré une ampoule d'Evipan dans la pharmacie SS.

— Tu me copieras, en échange, « Les pauvres gens » lorsque tu seras guéri.

Et quand il enfonçait l'aiguille dans ma veine, il a dit :

— Vas-y, récite « Les pauvres gens ».

J'ai commencé.

— Il est nuit. La cabane est pauvre, mais bien close…

Je crois que je ne suis pas allé plus loin.

Mais il m'a apporté un cahier et un crayon quand j'ai commencé à m'asseoir.

— Écris, s'il te plaît.

Le poème est long. L'instituteur de Saint-Georges ne nous avait donné à apprendre que la partie I et la partie X. Mais tout y est, le logis plein d'ombre, le grand lit à rideaux, les filets de pêcheur accrochés au mur, la femme qui s'appelle Jeannie et la chute du dernier vers quand Jeannie montre à son mari les deux orphelins qu'elle a recueillis : « Tiens, dit-elle en ouvrant les rideaux, les voilà ! »

Kowalski s'efforçait de passer autant que possible inaperçu dans l'hôpital. Même médecin, il pouvait mourir pour rien du jour au lendemain. Il avait l'avantage de dormir dans une petite chambre du Revier à proximité des malades. Il m'a appris qu'il avait une femme, Magosha, qu'il appelait Gosia, et une petite fille, Adela, qui avait un an quand ils l'avaient arrêté.

Il m'a raconté en me soignant les fesses que, lorsqu'il était petit, sa grand-mère lui avait dit que la nuit, quand personne ne les voit, les arbres prient. Mais mademoiselle Jeanne Lavigne, la préceptrice française, n'était pas de cet avis, elle n'était pas très religieuse malgré ses certificats de baptême et de communion qui lui avaient permis d'être engagée, elle pensait plutôt qu'au plus noir de la nuit les arbres s'arrachent de l'endroit où ils sont enracinés, ils retrouvent leurs amis, leurs fiancés et leurs fiancées, et ils parlent de l'avenir et de la vie qu'ils vont mener ensemble.

Jan Kowalski n'était pas juif. Il avait eu le tort de soigner des Juifs et de continuer à les soigner après que les chars de la Wehrmacht avaient été accueillis avec des saluts et des fleurs et que les Juifs étaient obligés de porter une étoile jaune sur la poitrine et dans le dos pour qu'on puisse les identifier par-devant et par-derrière. Il parlait de sa rivière Pilica près de la maison de son père où ils descendaient se baigner en été derrière un bois de jeunes bouleaux. J'ai dit notre Guirlande.

— Oh, la Guirlande, quel beau nom de rivière ! s'est exclamé Kowalski.

Il s'est rappelé la patinoire dans le parc de Cracovie, un jour de neige et de glace. La poussière de neige volait au vent, disait-il, autour des lampadaires électriques et se transformait en diamants. Gosia portait son manteau d'hiver à col de fourrure. Elle fonçait sur la glace à contre-courant de la foule des patineurs et des lambeaux de fumée s'envolaient de sa bouche. Il a cru qu'elle ne l'avait pas vu. Elle s'inclinait à peine, le corps articulé autour de ses épaules et du mouvement de ses pieds. Elle a soudain virevolté et, tassée sur son patin gauche, elle a fait demi-tour et filé droit, l'autre pied bien en haut, pour s'arrêter devant lui, essoufflée, souriante, et se pencher avec un gracieux salut. Il a pris sa main, elle s'est appuyée contre lui dans son manteau pelucheux, écarlate, haletante encore, pour défaire ses patins et les accrocher autour de son cou. Ils sont partis main dans la main, gant contre gant, dans l'allée embrumée du parc que le soleil embrasait.

Quand il racontait comme ça, Kowalski cessait de me soigner le derrière. Il parlait mieux qu'un Français, en cherchant le mot juste. Son regard bleu s'en allait plus loin que la vitre de la baraque à travers les blocs et ses joues grises comme à tout le monde dans le camp rosissaient. À plat ventre sur la paillasse, je le regardais regarder dehors. Un frisson de sourire lui glissait sur la figure et je comprenais qu'il n'était plus avec moi.

Il a prolongé autant qu'il a pu ma convalescence et il m'a trouvé une place dans le commando des camarades français du sous-camp de Gusen. Là-bas, au moins, on n'était pas dehors. On travaillait à l'armement de l'entreprise Steyr et, si la production était satisfaisante, on pouvait recevoir une double ration dans la gamelle.

Le contremaître m'a posté devant une fraiseuse à côté d'Athanase, un tonnelier de Limoux. Les mitraillettes arrivaient à droite. J'intervenais deux fois sur la culasse et je la passais à Athanase. Ma fraiseuse était fatiguée. Le contremaître m'avait remis un calibre neuf mais je ne m'en suis jamais servi. L'important, c'était que les mitraillettes qui arrivaient à droite repartent à gauche. Leurs utilisateurs devaient avoir quelques problèmes avec les mitraillettes de notre fabrication, après. Ce qui comptait pour le chef d'atelier, c'était que la chaîne avance, et il n'avait pas tort.

Mais à Gusen, l'entraînement à tuer des chefs de blocs n'avait rien à envier aux pratiques de Mauthausen. Il y avait l'Oberkapo Friedrich. Il défaisait son large ceinturon de cuir et il y allait, à coups de boucle de fer sur la tête et les parties, jusqu'à ce que mort s'ensuive. Ziereis disait de son Oberkapo de Gusen :

— Avec Friedrich, le travail est bien fait, je suis tranquille.

29

On est les derniers dans la file des passagers qui descendent de la vedette. Les Autrichiens et les Allemands ont l'habitude de traverser et ils se sont alignés près de la sortie avant que le bateau ait accosté, comme s'ils avaient un train à prendre.

Et je dis à Claude que je ne reconnais rien du petit port et de ce qu'on découvre du village d'Ennsdorf. Tout a changé. C'est vrai qu'il a coulé pas mal d'eau dans le Danube depuis ce temps-là et que je n'y suis venu qu'une fois. Mauthausen, on l'avait traversé souvent.

Mais c'est curieux, dans mon souvenir, il a toujours fait beau en mai et juin 45. Pourtant, cet après-midi-là où nous sommes allés à Ennsdorf, j'en suis sûr, il pleuvait.

Il pleuvait à seaux. La vieille barge de traversée était remplie de réfugiés, de charrettes, de valises, de malles, de ballots. On s'est serrés sous une charrette à bras, Kowalski et moi, pour se protéger un peu des gouttes de l'orage qui tambourinait sur le Danube. Un homme s'était assis à côté de nous avec sa petite fille aux grands yeux très noirs entre ses jambes. Il essuyait ses longs cheveux et ses joues avec son mouchoir en répétant : « Mein Schatz ! Mein kleiner Schatz ! »

Kowalski lui a demandé d'où ils arrivaient. Il a répondu de loin, de Silésie, ils marchaient depuis plusieurs jours.

J'ai dit à Kowalski qu'on avait connu ça chez nous, en pire, les Stukas piquaient sur les colonnes de réfugiés et mitraillaient les gens sur les routes. Je ne pouvais pas être triste du costume déchiré de cet homme, de son chapeau de feutre cabossé et de la semelle de ses souliers attachée par un lacet, j'avais encore mes galoches du camp. Et même des grands yeux fatigués de sa petite fille qui se taisait au milieu du capharnaüm de sacs, matelas, casseroles, gamelles, sur les charrettes et les vélos, dans les landaus, sous l'orage à grosses gouttes, alors que le père déboussolé, encore : « Mein Schatz ! Meine kleine Katze ! » L'averse a cessé lorsque nous avons mis le pied sur les planches du trottoir d'Ennsdorf.

Claude prétend que la neige ne me facilite pas les choses. Et moi :

— Ils ont tout remis à neuf.

— Ennsdorf avait été bombardé ?

— Non, c'était la guerre, tout était gris, et il y avait les réfugiés.

Le clocher de l'église pointe plus loin au-dessus des maisons.

— On va là-bas.

Les passagers allemands et autrichiens ont pris aussi la rue qui monte un peu. Le sel a du mal à faire fondre toute la neige et on patauge dans la soupe. Claude enjambe les flaques et me freine.

Un petit garçon et une petite fille sortent d'une porte cochère devant nous, les figures serrées par les lacets de leurs capuches. Ils s'arrêtent en nous voyant, hésitent. La jeune femme, derrière, les pousse pour qu'ils avancent et nous précèdent. Les deux petits se retournent et nous dévisagent, étonnés peut-être par nos casquette et toque.

— On n'était que tous les deux, Kowalski et moi. Le temps était orageux et on avait profité de l'ambulance qui descendait au village. À Mauthausen on était montés sur la barge qui était à quai.

La rue débouche sur la grande place que je ne reconnaîtrais pas sans le beffroi. Oui, il y avait cette grande horloge sur la tour carrée. Je ne me souvenais pas de cet aigle émaillé dessous.

— Les jeeps américaines, le déballage des réfugiés, quelques voitures à cheval à quatre roues encombraient la place. On s'est assis à la terrasse d'une auberge. Le soleil était revenu. Les camarades russes, espagnols, grecs portaient toujours leurs bonnets de bagnards. Ça buvait, ça riait, s'interpellait dans toutes les langues.

Une jeune femme était toute seule à une table ronde.

— On va avec ? a proposé Kowalski.

Elle portait une chemise d'homme sous sa veste de pyjama rayée, un pantalon kaki. Elle se mordait les lèvres et passait sa main sur son crâne rasé. On a pris nos chaises et on lui a demandé si elle voulait de notre compagnie.

On ne la connaissait qu'un peu. On savait qu'elle s'appelait Anna.

Elle était infirmière au camp de tentes des femmes. On l'avait rencontrée trois ou quatre jours plus tôt, le soir où on était allés en coup de main à l'arrivée d'un contingent de femmes. Depuis la libération, il y avait comme ça des arrivages, venus de nulle part. Anna était la seule soignante. Je lui avais demandé ce que signifiait le B sur le triangle de sa veste. Elle m'avait regardé dans les yeux et répondu en français :

— Belge.

Kowalski m'avait plaisanté à notre retour à l'hôpital.

— Tu as vu les sandalettes de ta petite Belge ?

— Ce n'est pas ma petite Belge.

J'avais remarqué, moi aussi, le tressage de ficelles noircies à l'huile et au charbon qui retenait les semelles de ses claquettes.

— Elle surveillait tout ce que tu faisais. Elle ne regardait que toi.

— Parce qu'elle n'était pas tranquille. Elle avait compris que j'étais un apprenti.

L'aubergiste d'Ennsdorf n'avait plus de vin. On a commandé de la bière. Anna a dit qu'elle préférait de la limonade. Un petit orchestre jouait sur la place. Les pavés mouillés fumaient au soleil.

Des couples se sont mis à danser, des Américains avec des filles blondes du pays, des bagnards avec des réfugiées. Kowalski a demandé à Anna si elle dansait. Non, elle ne dansait pas.

Elle a dit qu'elle s'appelait Anna Blancpain. On a souri parce qu'au camp, du pain blanc, on n'en avait pas beaucoup vu la couleur.

Elle était née dans un village près de Liège où on parlait surtout le néerlandais. Ses pieds étaient toujours dans les claquettes à ficelles, ses ongles peints au crayon rouge. Elle ne touchait pas à son verre de limonade et sa main effleurait son crâne duveteux comme si elle voulait s'assurer sans cesse que ses cheveux s'allongeaient.

Kowalski a levé sa bière pour l'encourager à boire. Les danseurs devenaient plus nombreux. Des jeunes filles et garçons d'Ennsdorf arrivaient en robes et costumes du dimanche.

C'était un dimanche. Mon ami médecin a vidé son verre, le devoir l'appelait à l'hôpital. Il m'a dit de prendre mon temps, il n'avait pas besoin de moi pour l'instant, et il nous a laissés ensemble.

30

Jan Kowalski avait proposé de m'embaucher comme apprenti infirmier après m'avoir sauvé la vie. Le typhus au camp était la garantie d'une mort certaine. Je n'ai jamais su qui l'a prévenu que j'étais malade du typhus. Ce qu'on appelle le destin l'a peut-être décidé à prendre le chemin de Mauthausen à Gusen.

Il me semble que j'ai vu mon ami entrer dans la salle des contagieux où j'étais couché. Il m'a dit que c'était peu probable. J'étais incapable de manger ou de boire depuis vingt-quatre heures. Je n'arrivais plus à respirer. Mon camarade de fraiseuse, Athanase, m'avait pourtant trouvé la bouchée de pain blanc que je réclamais comme un morceau de gâteau. Je n'y avais pas touché.

À présent, le typhus m'avait pris à la gorge. J'étais muet. Mon cou avait enflé. Mourir étouffé ne serait pas une belle mort. Je priais le bon Dieu de faire vite, sans tarder. J'étais comme un poisson sur le pré et je haletais comme une chaudière.

D'heureuses remontées d'enfance me transportaient à Fougereuse, avec ma mère, Aliénor et tout le monde. J'avais trois, quatre, cinq ans, mon couteau à lame au bout rond dans la poche ventrale de mon petit tablier bleu de devant, et je réalisais que ma venue au monde était le plus beau cadeau qui avait été fait à cette maison. Ma petite voisine, Claude, poussait des cris joyeux quand j'apparaissais. Je retournais à mon enfance bienheureuse quand la fièvre m'emportait, comme pour compenser, me donner de l'air, et je n'avais pas peur, au contraire.

Au contraire, j'étais curieux de savoir comment c'était de l'autre côté.

Ça ne pouvait pas être pire. Je n'avais pas encore vingt et un ans. J'avais fait ce que j'avais pu. « Fais ce que tu dois ! » disait Aliénor. « Fais ton possible ! » disait-elle d'autres fois. Je sentais, dans ces moments-là, que c'était à peine suffisant. J'avais essayé. J'aurais aimé vivre un peu plus, mais à quoi bon. J'espérais que le grand juge à barbe là-haut ne serait pas trop sévère avec moi.

Vraiment, j'étais curieux de mon arrivée là-bas. J'en avais l'envie. Je pensais à Claude, à Fougereuse, je me disais qu'ils allaient tous pleurer et ça me faisait de la peine pour eux. Mais ma gorge étranglée faisait le même bruit que dans la forge de Saint-Georges quand le forgeron tirait sur la poignée de son grand soufflet pour attiser le feu de son foyer. Je guettais la lumière qu'on m'avait promise et je mourais d'envie d'être enfin libéré.

Jan Kowalski s'est approché de mon lit dans l'hôpital de Gusen. Il a demandé au kapo :

— Qu'est-ce que tu fais de celui-là ?

— Oh, tu peux le prendre, dans un quart d'heure il sera mort.

Il n'a pas attendu. D'un coup de bistouri dans la gorge, il a crevé l'abcès qui m'empêchait de respirer et il m'a chargé dans le camion qui m'a ramené à Mauthausen.

Je respirais. Je respirais mieux.

Lorsque j'ai entrouvert les paupières, plus tard, et aperçu la lumière entre ce qu'il me restait de cils, j'étais convaincu que j'avais accompli le grand voyage et atterri enfin au paradis. J'ai regardé autour de moi.

— Merde, je suis à Mauthausen !

Mon pouls battait, battait. Un énorme pansement m'enveloppait la gorge. La fièvre avait beaucoup baissé. Mais je n'étais pas tiré d'affaire. C'était en janvier 1945.

J'ai reproché à mon ami :

— Tu ne pouvais pas me laisser tranquille ! Pourquoi m'as-tu fait ça ?

Le médecin a souri.

— Je ne voulais pas t'avoir donné des patates pour rien ! Tu vas te battre maintenant pour vivre. Tu n'as pas le choix.

Je suis resté trois semaines à l'hôpital. Il m'a apporté tous les jours une bouillie de flocons d'avoine. Comment se la procurait-il ?

Lorsque le moment est venu de sortir de l'hôpital, il m'a dit :

— Tu ne vas pas retourner à Gusen. J'ai besoin d'un infirmier. Si tu es d'accord, et si ça ne te fait pas peur, je te prends à travailler avec moi.

31

— Vous avez dansé, Anna et toi ? me demande Claude.

— Anna ne disait pas un mot et je m'en suis voulu de ne pas avoir accompagné Kowalski quand il était parti. J'ai quitté ma chaise, elle m'a suivi et, oui, on a dansé. Il y avait un accordéon et un violon sur la place, avec une chanteuse. La comptine allemande, que j'ai réentendue après, disait « Peterle, du liebes Peterle, was hast du nur mit mir gemacht ? » (Peterle, mon amour, que m'as-tu fait ?)...

— Elle dansait bien ?

— Comment voulais-tu bien danser avec des galoches et des claquettes à ficelles ? Elle ne pesait rien. On était des phasmes. Je pesais trente-huit kilos quand je suis monté sur la bascule à Paris.

— Elle était jolie ?

— Elle l'avait peut-être été. Elle avait de grands yeux très noirs, profondément enfoncés, comme la fillette sur la barge.

La place du beffroi est mieux salée que celle du port, mais je ne reconnais pas les pavés. Je ne crois pas que ce soit sur ceux-là que nous avons dansé et je ne sais plus de quel côté était la terrasse du gasthaus où nous étions assis. Il y en avait davantage qu'aujourd'hui. La plupart des maisons étaient des commerces.

Le soleil étincelle sur les dorures des enseignes et le dôme de l'église. Les voitures y sont interdites.

— On dirait une pâtisserie autrichienne, constate Claude. Ennsdorf sous la neige ressemble à un gros gâteau à la crème ! Tu ne trouves pas ?

— Il n'y ressemblait pas à la fin de la guerre.

Un manège de fête foraine tournait derrière le beffroi. Les couples criaient sur les chevaux de bois lorsque le manège accélérait. Anna n'a pas voulu faire un tour. On est restés regarder et on s'est éloignés, on a marché un peu, on a vu la porte de l'église ouverte et on est entrés.

Claude veut que je l'y emmène. J'hésite.

— S'il te plaît ! Je veux aller partout où vous êtes allés. On est venus pour ça, non ?

— On est venus pour Mauthausen.

— Ça en fait partie.

— Pas vraiment, non.

— Si.

Elle me tire le bras, glisse ses doigts dans ma moufle.

— Simon…

Pourquoi j'hésite ? Je referme ma main sur ses doigts.

— Oui, tu as raison, on y va.

32

Les grands-parents d'Anna étaient des ouvriers agricoles. L'instituteur du village avait mis dans les mains de son père des livres dont ses parents n'auraient jamais eu l'audace de tourner les pages et le jeune garçon avait montré à apprendre le même entêtement que sa longue lignée paysanne à se nourrir de la terre. Il avait réussi les concours d'instituteur et de professeur et épousé une camarade fille d'ouvrier, séduite comme lui par les belles idées communistes, qui était malheureusement morte en mettant Anna au monde. Il ne s'était pas remarié et avait reporté sur sa fille toute l'affection qu'il avait pour sa mère. Anna adorait cet homme et lui était reconnaissante de ses sacrifices et de son amour. Elle a cru avec lui que les progrès de l'éducation et de la science conduiraient l'humanité vers les beaux jours, que bientôt les femmes ne mourraient plus en couches, et elle avait décidé de devenir médecin.

Après le baccalauréat en 1939, elle a commencé malgré la guerre des études à la faculté de médecine. L'alliance de Staline et Hitler a troublé le père et la fille. Mais quand, en juin 41, les Panzers allemands ont envahi la Russie, le père d'Anna a essayé de cacher à sa fille, qui n'était pas dupe, son engagement dans les partisans. Les nazis l'ont arrêté en juillet 1942, fusillé en septembre, et elle était convaincue que, les mains liées, debout face aux fusils, le cher homme au visage dévasté par la torture a continué de croire que la vie serait plus douce un jour, qu'elle serait plus généreuse.

Elle travaillait désormais comme infirmière à l'hôpital de Liège. L'université, les études, elle verrait après. L'hôpital était un foyer de partisans. Elle a pris la place de son père et porté les messages à travers la ville. Et un soir de septembre 1943, à quelques jours de l'anniversaire de l'exécution de son père, un officier de la Gestapo est venu prendre place à côté d'elle dans la salle de cinéma L'Excelsior et lui a demandé de sortir.

Quand on s'est assis sur le banc de l'église d'Ennsdorf face à l'autel, Anna et moi, elle m'a murmuré qu'elle n'était pas croyante.

Il n'y avait que nous. Une flaque de soleil frappait les dalles de granit par la porte ouverte et les échos des flonflons de la musique nous rejoignaient. Elle a touché son crâne rasé.

— Tu sens l'odeur ?

Un bouquet de lys fleurissait la statue de la Vierge. Elle s'est levée. Elle a approché son nez pointu du bouquet, s'est retournée vers moi et, à voix haute dans l'église vide :

— Ça pue.

Elle a pris un cierge dans la boîte, l'a dressé sur le râtelier et allumé. Je lui ai demandé pourquoi, si elle n'était pas croyante.

— Pour faire joli.

On a regardé danser la flamme et les ombres s'agiter sur la robe de la Vierge.

Elle a dit qu'elle avait fait sa communion. Son père l'avait voulu parce que sa mère l'aurait voulu. Elle avait eu la robe blanche, la couronne de fleurs. Il ne voulait pas que sa fille soit différente des autres. Ses grands-parents étaient venus à Liège pour la cérémonie.

Sa peau avait une teinte bleuâtre, elle pinçait ses doigts, tirait dessus comme pour les arracher en fixant la petite lumière du tabernacle avec quelque chose d'un peu fou dans les yeux. J'avais vu ses mains manipuler les seringues et les fioles au bord des lits des femmes, des doigts trop longs aux attaches fines, les ongles taillés. C'était exceptionnel, des ongles taillés, à Mauthausen.

J'ai été pris de vertige un instant. Je n'étais pas très bien non plus. J'avais des moments d'obscurité. Ça m'arrivait tout d'un coup dans la journée. Ça me faisait comme un voile. Ça ne durait pas. Une sorte de trou noir. J'en avais parlé à Kowalski qui avait haussé les épaules.

Quand j'ai retrouvé mes esprits, Anna continuait de se tordre les doigts, elle les faisait craquer.

— Tu vas te blesser.

Je crois qu'elle ne m'entendait pas. J'ai posé la main sur ses doigts qui étaient glacés.

— Arrête.

Elle n'a plus bougé.

Elle a dit tout haut comme si elle se parlait à elle-même :

— Quand ils m'ont torturée, ils m'ont fait tout ce qu'on peut faire à une femme.

Ses yeux brillaient, une larme a glissé au bord de son nez.

J'ai pensé : c'est bien qu'elle pleure. Kowalski disait que les plus dangereux étaient ceux qui ne manifestaient plus rien, ils finissaient par se jeter contre la clôture électrique du camp ou se pendre à un lampadaire.

On n'avait pas de mouchoirs à Mauthausen. Je n'avais que mon bonnet rayé que je lui ai donné pour s'essuyer les yeux, et je lui ai proposé de revenir au camp.

33

Ils ont remplacé les bancs de l'église par des chaises. Claude tend la main pour me toucher le front et vérifier s'il est chaud lorsque j'ôte ma casquette.

On n'est pas tout seuls cette fois. Mon ventre se tord. Est-ce que c'est possible, mon Dieu ? Est-ce qu'on peut se baigner deux fois dans la même rivière ? Un organiste répète là-haut à l'orgue, à la tribune. Il s'arrête, reprend. Quelqu'un est avec lui. Ils sont au moins deux, qui se parlent, commentent.

La statue de la Vierge en robe bleue nous tend les bras dans la chapelle sur le côté.

— Ils l'ont restaurée. Sa robe n'était pas aussi bleue, elle n'avait pas ces étoiles.

Il faudrait l'odeur des lys, mais on est en novembre. Le ventre me fait vraiment mal. Claude le sent. Elle sent tout ce qui me touche, je ne peux rien lui cacher, je n'en ai pas envie non plus.

Il n'y a plus de râtelier à cierges. Ils les ont remplacés par des petites bougies dans des coques de plastique rouge. Claude glisse une pièce dans le tronc et en allume un, deux, trois.

— Un pour nous, et les autres pour les enfants. Quand tu es parti avec le colonel, je faisais brûler un cierge à l'autel de la Vierge tous les dimanches. « Ton maquisard coûte cher », disait ma mère.

— Elle ne m'a jamais beaucoup aimé.

— Elle pensait au travail de la ferme. Ta mère et ta grand-mère devaient le faire à ta place. Il y avait tellement d'hommes prisonniers et envoyés au STO. Toi, tu étais jeune, tu n'avais aucune obligation de partir.

— C'est ce qu'elle te disait ?

— On se disputait.

— Elle a tout essayé pour te rapprocher de cet imbécile de Grégoire, le fils de l'instituteur.

— Je pleurais. Je n'avais que les bonnes sœurs de La Chaize et mes petites élèves. Quand la guerre a été finie, les prisonniers ont commencé à revenir. On n'avait aucune nouvelle.

— Je ne vous ai pas écrit, je sais. Ma lettre serait peut-être arrivée avant moi.

— La mère Marie-Liesse a écrit au colonel et j'ai continué à faire brûler des cierges.

Nous nous asseyons sur les chaises. Claude prend ma casquette. À chaque fois pour m'asseoir, il faut que je me déleste du sac à dos.

C'est curieux, cette boule qui me roule dans les tripes. C'est vrai que j'aurais dû écrire, je le pouvais à ce moment-là. J'avais l'exemple de Kowalski. Claude ne m'en a pas fait le reproche, je n'étais pas alors en état. Elle ne me l'a jamais reproché. Je ne me cherche pas d'excuses. Je n'en ai pas. Si je n'ai pas écrit ce n'est pas à cause d'Anna, vraiment pas à cause d'elle, la pauvre n'y était pour rien. C'est que nous étions sans doute partis trop loin, j'étais au bout, je ne savais plus ce que j'étais.

Là-haut, on dirait qu'ils jouent à quatre mains, à moins que l'organiste joue aussi avec les pieds. Ils claquent les soufflets. Abel, le vieil organiste de Saint-Georges, m'a expliqué que l'orgue est un instrument de musique sportif. Le musicien joue sur le pédalier du bout des pieds, avec les orteils, de préférence avec le gros, comme un sprinteur dont le talon ne touche jamais le sol dans un stade. Il joue les dièses au bord des touches, et les naturelles pas très loin des dièses, afin d'éviter de trop se déplacer, et c'est la cheville qui enfonce la touche, légèrement, pas toute la jambe.

On reste assis là, immobiles, on écoute, on se tait, je crois qu'on en a besoin tous les deux.

Le musicien plaque les accords, de plus en plus, des aigus, des graves, la soufflerie à fond. Ça vibre, tremble. Les flammes des lumignons paraissent secouées. Il enchaîne, c'est puissant, un orage de sons, en fugue, en toccata.

Claude s'incline à mon oreille.

— Ça fait du bien.

J'acquiesce de la tête.

— On a de la chance.

J'acquiesce. Ça calme la douleur dans mon ventre.

Elle a ramené son écharpe sur sa bouche parce qu'il fait frais dans l'église pas chauffée. Je vois son sourire au bord de l'écharpe.

34

On n'est pas partis, Kowalski et moi, en même temps que les camarades après la libération du camp par les Américains. La plupart des survivants français sont très vite montés dans les GMC qui les ont conduits à l'aéroport de Linz, le 17 mai, d'où ils se sont envolés dans des superforteresses qui se sont posées à Beaumont-sur-Oise. Les Polonais ont été rapatriés en train.

Jan a écrit à sa femme : « Les malades ne seront évacués que dans quelques jours. Le devoir m'oblige à patienter un peu. Mon retard à rentrer ne devrait être que de deux ou trois semaines, au maximum un mois. J'espère être de retour à la mi-juin et fêter avec vous la Saint-Jean. Il me tarde de vous serrer dans mes bras, toi et notre chère petite Adela qui doit être grande déjà et devra apprendre à connaître son papa. Je vais donner ce courrier à un compatriote qui le postera à Varsovie. Mes plus doux baisers à toi et à notre trésor. »

Il m'a montré sa lettre et me l'a traduite pour le plaisir du français, il a dit qu'il n'y avait rien de secret. Et c'est ce qui m'a décidé à rester avec lui. Il m'a semblé qu'il me la donnait à lire pour ça. Il m'avait sauvé la vie. Je n'avais pas d'enfant qui m'attendait à la maison. C'est sûr, j'aurais dû alors écrire à Claude, à mes parents. Je ne l'ai pas fait. J'ai dû penser que c'était une question de quelques jours, si je remettais ma lettre à un camarade qu'est-ce qu'elle deviendrait à Paris, elle mettrait du temps avant d'arriver chez nous. J'ai eu tort. Je crois aussi que le courage m'a manqué pour me lancer dans des commentaires. Il faut dire que, dans l'état où on était, la moindre initiative demandait des efforts considérables.

C'était étrange, d'ailleurs, maintenant qu'on était libres, alors qu'on en avait tant rêvé, il y avait chez tout le monde comme un frein dans le désir de partir. J'en ai parlé à Kowalski qui m'a répondu que c'était normal, on était ensemble ici et on ne savait pas si on allait être capables de recommencer à vivre comme les autres.

Le premier command-car américain est entré dans le camp le 5 mai. L'officier qui est descendu de la jeep a sorti son paquet de cigarettes et il a commencé la distribution. Son chauffeur faisait la même chose que lui. Il est retourné chercher un autre paquet. Les paquets étaient à peu près les mêmes qu'aujourd'hui, avec le chameau dessus.

La colonne de camions et de blindés est arrivée après. Et les déportés se sont mis à faire n'importe quoi. Ils se sont jetés sur la nourriture et la boisson. Les toilettes n'étaient plus nettoyées. Il faisait trop beau, trop chaud. Et le typhus et la dysenterie tuaient de plus belle. Les Américains essayaient de contrôler et d'interdire les sorties, mais les déportés connaissaient les passages.

Kowalski m'a conseillé la baraque du terrain de foot, hors les murs, où les SS chaussaient leurs crampons et enfilaient leurs maillots. J'y ai installé mon châlit. L'odeur propre de la forêt et parfois celle du fleuve entraient par la fenêtre ouverte. Quand je me réveillais, pendant ces belles nuits, je voyais les étoiles et la lune dans le ciel sans nuages. Claude m'a dit peu après mon retour, un soir, que la lumière qui frappait nos yeux pouvait provenir d'étoiles mortes depuis des millions d'années. Je lui ai répondu que la seule chose que je savais, c'était que les étoiles brillent la nuit et s'éteignent le jour.

J'ai récité dans la baraque la prière de ma grand-mère à Notre-Dame de la médaille miraculeuse : « Après avoir élevé vos mains suppliantes vers le Seigneur, daignez, ô Vierge puissante… » Les paroles me sont revenues comme ça, intactes, un soir en regardant les étoiles. Lorsque j'étais petit, Aliénor s'agenouillait au bord de mon lit et, le front sur ses doigts croisés, elle m'encourageait à murmurer en même temps qu'elle « afin qu'à la lumière et à la chaleur de ces rayons, mon âme se dégage des choses d'ici-bas, se purifie et marche joyeusement à votre suite ». Je ne comprenais pas grand-chose alors à cinq ou six ans, à cette histoire d'âme et de rayons. Et pas beaucoup plus peut-être dans ma baraque du foot. Mais il y avait cette musique qui m'a construit. J'ai grandi bercé par la voix de ma grand-mère dans la chaleur de mon lit. Le sommeil me gagnait et je fermais les yeux pour faire comme elle. Je pouvais m'abandonner, je ne risquais rien, j'étais protégé, souvent je m'endormais avant la fin de la prière.

Comme les nuits étaient douces et qu'on avait tellement souffert d'être enfermé dans les blocs, il m'est arrivé de traîner ma paillasse dehors dans l'herbe du terrain de foot qui n'avait pas été fauchée et, sous la lune et les étoiles, j'ai repris encore les paroles d'Aliénor. J'étais transporté à Fougereuse. Rien ne troublait le silence sauf, parfois, une houle de vent tiède qui froissait les arbres à l'orée de la forêt, ou des chouettes qui s'y répondaient. J'étais bien, je m'endormais tranquille.

35

Les organistes jouent encore quand on sort de l'église. Une pluie de neige scintillante comme de l'argent pleut de la corniche sur nous lorsque je ferme la porte. On retourne vers la place, et la poussière de neige qui n'a pas été brossée brille au soleil sur nos épaules et se change en gouttes.

Il y a ce gasthaus à la large véranda qui plaît à Claude. Les tables semblent libres derrière la verrière face au beffroi. On pousse la porte et, alors qu'on s'attendait à être presque tout seuls, la salle de restaurant est déjà pleine de mangeurs attablés. La serveuse explique que c'est un congrès, ils sont un peu débordés, il ne reste que la verrière, le service risque d'être long.

On a le temps. On enlève sac à dos, écharpes, manteaux, casquette et toque. Il fait bon derrière la vitre, chaud. Le soleil frappe le métal vert bronze du dôme du beffroi où la neige fond. La serveuse a apporté des bretzels.

— Pourquoi tu n'en manges pas ? demande Claude. Ils sont bons.

Depuis qu'on est arrivés ici, il faut à chaque fois que je dépasse les haut-le-cœur des souvenirs de la soupe du camp avant de commencer à manger.

Elle se penche et me touche la main sur la nappe blanche.

— Comment était-elle ?

— Tu as vu dans quel état nous étions à notre arrivée au Lutetia ? Comment veux-tu que je te dise ? Elle avait les yeux tellement enfoncés ! Les vivants étaient gris, les morts se reconnaissaient à leur couleur de cuir presque noir ou bleu.

Claude rougit.

— Excuse-moi.

À quinze ans, elle rougissait déjà comme ça jusqu'à la racine des cheveux. Elle s'en plaignait comme d'une maladie. Elle était incapable de contenir ses émotions, ou cacher quoi que ce soit. Elle ne savait pas mentir. Ça ne lui a pas passé. Avec le temps les rougeurs se sont adoucies. Mais là je vois qu'avec

Anna je touche un point sensible. Je m'en veux et j'aime qu'elle soit toujours pareille et qu'à quatre-vingt-six ans elle devienne écarlate comme une jeune fille et me donne à lire en elle comme dans un livre.

Un autre couple est venu s'asseoir dans la véranda presque en même temps que nous. Ils ont choisi la carpe farcie de la carte pour deux. Je l'aurais retenue, mais Claude n'en a pas voulu à cause des arêtes. Elle a tout essayé avec les carpes de la Guirlande, l'oseille, le citron, sans résultat.

— Tu as appelé cette femme dans tes cauchemars, il n'y a pas si longtemps.

— La nuit dernière ?

— Non.

— Mauthausen était un camp d'hommes. Les femmes ne sont arrivées qu'à la fin de la guerre. Les Allemands les ont parquées dans le camp des tentes, de l'autre côté des miradors et des barbelés électrifiés. On les voyait de loin. Elles nous faisaient rêver même si elles n'étaient pas en meilleur état que nous.

— Elles étaient au-dehors, c'est vrai, je suis idiote, dit Claude rouge encore.

On a commandé une bouteille en verre bleu, couleur du Danube, du vin viennois Heuriger que nous avons découvert au Donau Hotel. Claude était d'avis qu'une demi-bouteille serait suffisante. J'ai dit que j'avais soif. Demain nous serons sur la route et nous ne pourrons plus boire. Elle lève son verre la première pour trinquer. Nous aurions pu choisir la carpe. La serveuse est déjà venue montrer le poisson à nos voisins et elle retire les filets. Ils n'auront pas d'arêtes.

Je comprends qu'elle attend que je continue Anna.

Je dis que, lorsque nous nous sommes quittés devant la porte du camp, le jour où nous avons dansé ici à Ennsdorf, je lui ai proposé de ne pas hésiter à me faire signe si elle avait besoin de quelque chose. Je lui ai crié, alors qu'elle s'approchait du camp des tentes : « Si tu veux, je te ferai visiter le camp des hommes ! » Elle s'est passé une main sur le crâne, puis l'autre.

Elle est venue deux jours après, à la fin de l'après-midi où les prisonniers russes sont partis. Ils avaient chanté toute la matinée en attendant les camions. Les SS et les kapos avaient été plus féroces avec les Russes à mesure que les armées rouges avançaient. Ils choisissaient les plus costauds, les plus grands, leur ordonnaient de se mettre nus pendant les nuits glacées à moins dix et moins vingt. Ils les liaient aux anneaux de la muraille. Un kapo lançait sur eux des seaux d'eau, soi-disant pour les maintenir éveillés. Au matin, à l'appel, ils étaient changés en statues de glace.

Quelqu'un a commencé à chanter une de ces nuits-là dans la baraque des Russes. Et un autre. Encore un autre. Et toute la baraque s'est changée en un chœur incroyable et terrible qu'on entendait dans tout le camp. On écoutait. On imaginait tous, sur nos châlits, les géants russes crucifiés sur le mur sous leur carapace de glace. On tremblait. Il n'y avait pas un bruit dans les baraques. On sentait les kapos sur les dents. Quelquefois, pourtant, un sanglot de quelqu'un qui pleurait. Et toujours ce chant énorme dont on ne comprenait pas les paroles, formidable comme un grand vent qui aurait parcouru les steppes et les plaines immenses de l'Est, escaladé les montagnes, survolé les villes et les villages, traversé les rivières et les fleuves. Ça n'a pas duré. On a entendu les SS et les chiens. Les mitraillettes ont commencé à tirer. Ils tiraient encore quand les voix des derniers chanteurs s'étaient tues.

Anna m'a expliqué, ce jour du départ des Russes, que des femmes malades les avaient suppliées de les charger dans les camions. Elles voulaient mourir chez elles mais elles n'étaient pas transportables. Même parmi celles qui avaient été autorisées, un certain nombre n'arriveraient pas au bout du voyage. Kowalski était confronté au même dilemme. Le four crématoire ne fonctionnait plus depuis l'arrivée des

Américains. Les tranchées d'un cimetière provisoire étaient creusées hors du camp à proximité de la forêt et les fossoyeurs le prolongeaient tous les jours.

J'ai conduit Anna à ma cabane ce soir-là. Le soleil avait fini de se coucher mais, à la fin de mai, le jour ne veut pas céder la place à la nuit. Je n'avais rien à lui montrer, que ma paillasse, mes couvertures, quelques gamelles pour manger et boire, mais c'était chez moi, j'avais la chance de cette bicoque rien qu'à moi. J'avais transporté un banc des nazis que j'avais appuyé au mur de la baraque. On s'est assis à fumer, Anna fumait aussi, et on a regardé les ombres sortir de la forêt et se répandre dans la montagne et la vallée.

C'est à ce moment-là que l'idée m'est venue. J'ai pensé qu'on était idiots. Il ne fallait pas s'installer à fumer, ici, sur le banc. Je lui aurais montré les chevrettes, mais elles nous voyaient avec nos cigarettes, ça les empêchait de sortir. J'ai dit à Anna :

— Reviens demain soir, à cette heure, s'il fait ce temps et si on est discrets, on devrait les apercevoir.

36

On en est encore aux bretzels. La serveuse ne nous a pas menti, le service n'est pas rapide mais, à la table de nos voisins, ils ont presque fini de manger leur carpe. Dans la salle de restaurant, les gens chantent. Nous avons le vin. Je n'avais pas imaginé qu'un jour, assis à une table en face de Claude à Ennsdorf, je lui raconterais ces moments. Mais puisque nous sommes là et que je l'ai voulu, je savais que j'allais le faire. Je dois ça à Claude.

On se regarde dans les yeux. Je bois une gorgée. Elle presse du doigt sur le pied du verre pour que je le repose.

Je dis qu'Anna est revenue le lendemain. J'avais étalé la couverture de mon lit dans l'herbe dehors. Des choses simples comme ça, même si longtemps après, sont difficiles à confesser à sa femme les yeux dans les yeux, quand on voit son visage qui frissonne un peu, sa bouche qui bouge, ses paupières qui s'abaissent. C'est sans doute ridicule à nos âges, presque soixante-dix ans après, mais soixante-dix ans sont comme un jour.

Anna portait toujours le pantalon kaki mais elle avait remplacé sa chemise d'homme par un chemisier de femme bleu à petits boutons de nacre. Ses cheveux avaient peut-être un peu poussé en brosse noire au ras du front et des tempes et elle continuait de frotter son crâne du plat de la main comme pour s'assurer que sa tête était bien sur ses épaules.

— Il faut attendre encore, lui ai-je chuchoté.

Elle a hésité à s'étendre à côté de moi. J'ai détourné les yeux comme si je ne m'en apercevais pas. Elle exhalait un léger parfum d'eau de Cologne. J'avais déjà repéré cette odeur en intervenant dans le camp des femmes. Ces produits-là arrivaient maintenant avec la liberté. Comment ? Par quels chemins ? J'étais surpris qu'ils existent encore. Nous sentions mauvais. Tout le monde sentait mauvais. Pas elle.

Elle ne disait rien. Je mordillais un brin d'herbe à côté d'elle. La forêt était déjà noire mais l'orée, par-delà la prairie, formait une ligne bleue qui s'assombrissait dans les mauves et les violets au bord des frondaisons.

J'ai cru que ça n'arriverait pas. Les premières étoiles se sont allumées. Et soudain, dans l'ombre des arbres, c'était bien ça, je ne me trompais pas.

— Tu les vois ?

Elle n'a pas répondu.

— Je crois qu'il y en a trois.

Je ne me trompais pas. Une chevrette et ses deux petits faons paissaient sur la bordure.

Alors, les gros gibiers, chevreuils, cerfs, sangliers, étaient absents des campagnes. Ils vivaient dans les forêts profondes et évitaient les hommes. On n'en voyait jamais. Les choses ont changé depuis, les espaces réservés pour eux ont rétréci, les chasseurs sont moins nombreux, ces animaux ont proliféré et se sont rapprochés. On trouve désormais des sangliers, des renards dans les parcs des villes.

— Je les vois depuis plusieurs jours, ai-je chuchoté à Anna.

Elle a bougé le bras, qui a touché le mien. Il était aussi froid que sa main dans l'église d'Ennsdorf.

La chevrette broutait, la tête levée. Les petits gardaient le nez dans l'herbe et s'éloignaient avant de revenir vers leur mère qui devait les rappeler.

— Ils ont tout compris, a murmuré Anna. Ils viennent maintenant que les nazis sont partis.

La chevrette s'est fixée soudain, alertée par un bruit du camp et les phares d'une jeep qui rentrait.

— Tu vois leurs yeux ? m'a-t-elle demandé.

— À peine.

— On dirait un regard humain.

Je me suis demandé comment elle pouvait juger à cette distance et leur supposer un regard humain.

La nuit a été là, après les phares. On ne les a plus vus. On a deviné encore un reflet, peut-être un reflet d'yeux. Et puis plus rien.

On est restés un moment comme ça, dans le noir, à guetter, mais ce n'était plus possible. Il n'y avait pas de lune. Qu'un ciel piqué d'étoiles frissonnantes.

Anna, la première, s'est redressée sur les genoux. Elle a demandé :

— Tu crois que c'est possible ?

— Quoi ?

— De recommencer comme avant ?

J'ai répondu :

— Tu as vu les chevreuils.

Elle m'a dit merci avant de partir. J'ai proposé de la raccompagner. Elle a dit qu'elle connaissait le chemin et qu'heureusement elle avait de bons yeux. J'ai compris qu'elle voulait être seule.

Mais elle est revenue le lendemain, un peu plus tôt.

37

J'ai vidé mon verre. Claude me dit d'y aller doucement. La serveuse dans la salle nous fait signe qu'elle ne nous a pas oubliés. Notre plat va arriver. On a commandé des rollmops. Ce n'est pourtant pas un plat sorcier. Ils doivent en avoir de préparés d'avance. J'ai sorti mon paquet de cigarettes. Il fait un peu plus gris dehors, le soleil est caché par un petit nuage.

— J'ai envie d'aller en fumer une dehors, dis-je à Claude.

— Reste avec moi, elle va venir.

— Qui ?

Claude sourit au quiproquo. Je lui demande si elle parle de la serveuse ou d'Anna. Je remplis son verre qu'elle n'a pas complètement vidé. Elle me dit :

— Doucement, je vais être saoule.

Et moi :

— Elle est revenue le lendemain soir. On a ressorti la couverture. On a allumé nos cigarettes. Et, quand les chevreuils ont sauté le talus de la lisière pour enfoncer leurs têtes dans l'herbe, elle a souri. Le bout rouge de nos cigarettes, qu'on cachait dans notre main, nous éclairait. Et à peine un petit filet de lune. Mais j'en suis sûr. Il y avait aussi la réverbération des projecteurs du camp de l'autre côté des murs. Je ne l'avais jamais vue sourire jusque-là. Son visage était crispé comme un poing. Ses traits se sont relâchés, presque rien sur ses joues creuses, comme un rai de lumière. J'ai été heureux. Excuse-moi. J'étais heureux qu'elle soit contente.

Claude hoche la tête. Il n'y a qu'elle pour m'écouter sans m'en vouloir et m'encourager à continuer mon histoire, même s'il y a si longtemps, même si c'était là. J'hésite, est-ce que j'ai raison de lui raconter tout ça ? J'ai envie pourtant de tout lui dire comme on se vide, comme on se l'est promis, je l'interroge des yeux, elle a rapproché un peu les paupières, elle effleure ma main de son doigt chaud.

Je dis qu'ils étaient quatre. Un brocard accompagnait la chevrette et ses petits, la robe plus sombre que les trois autres, les andouillers comme deux doigts dressés sur le front. Et que la prière d'Aliénor m'est montée naturellement aux lèvres, à l'intérieur d'abord, pour moi tout seul, puis je l'ai chuchotée tout bas : « Daignez, ô Vierge puissante, m'envelopper de vos rayons de grâce… »

Anna n'a pas bougé. On a attendu. Les quatre s'en sont allés, l'un après l'autre, sautant le fourré et montrant la tache blanche de leurs derrières, et elle m'a demandé :

— Qu'est-ce que c'était, tout à l'heure ?

J'ai expliqué la prière de ma grand-mère. Elle m'a demandé de répéter. J'ai recommencé et elle m'a dit :

— Tu as de la chance.

— Pourquoi ?

— D'avoir ça.

Je l'ai prévenue que, le lendemain, je ne serais pas là, j'étais de garde de nuit à l'hôpital mais que, si elle voulait venir, elle le pouvait, l'herbe du terrain de foot n'était pas à moi, ni la cabane.

38

Nos gardes étaient difficiles, les malades moins nombreux. Les convois sanitaires avaient commencé à soulager l'hôpital. Mais des déportés continuaient de mourir.

Je suis rentré épuisé de ma veille, au petit jour. Je n'étais pas en bien meilleur état que mes malades. Le café des Américains m'aidait à tenir et leur tabac au miel dont je fumais cigarette sur cigarette.

— Sans les cigarettes, dis-je à Claude – elle le sait –, on aurait crevé.

Kowalski me reprochait pourtant de tant fumer et voulait m'obliger à partir en France, sinon je me retrouverais bientôt dans la tranchée au pied des murailles. Les trous noirs dont je souffrais devenaient plus fréquents. Mon ami fumait moins, mais il consommait davantage de café, est-ce que c'était beaucoup mieux ?

Je me suis couché un moment dans la cabane. Mais je me suis relevé soudain, peut-être à cause du café. Une brume bleutée de matin de presque été s'accrochait en fumée aux branches des sapins de l'orée.

Je suis allé voir, nu-pieds dans l'herbe mouillée de rosée. Anna était là pelotonnée, les jambes et les bras sur la poitrine. Est-ce qu'elle dormait ? Je ne la voyais pas respirer.

Je me suis penché. Le brin d'herbe frissonnait au bord de sa narine. Sa joue maigre était appuyée sur sa main. Elle a soupiré et j'ai eu peur de l'avoir réveillée. Une veine bleue palpitait dans son arcade creuse.

Je me suis reculé et je suis reparti, à pas de loup, chercher la couverture sur mon châlit dans la cabane. Quand je suis revenu, elle a ouvert les yeux. Elle s'est redressée brusquement. Elle grimaçait. Elle avait mal. Moi aussi j'avais mal partout quand je me réveillais.

Elle s'est assise sur la couverture. La rosée avait mouillé son pantalon kaki et le paletot de laine grise, peut-être de soldat russe, qu'elle portait par-dessus le chemisier à boutons de nacre. Elle a murmuré :

— Un troupeau.

— Un troupeau ?

Comme l'avant-veille, ses joues ont été détendues par quelque chose qui ressemblait à un sourire.

— Ils étaient douze, peut-être treize, hier soir. Ils sont restés jusqu'à la nuit noire.

— Et tu es restée toi aussi.

— Ils étaient là. Je ne les voyais plus à cause des nuages. Mais par moments la tache blanche de leurs derrières les trahissait. Ils ont dû passer une partie de la nuit là-bas.

— Tu n'as pas eu froid ? Tu t'es endormie.

Elle s'est mise debout. Il y avait sous elle une autre couverture bouchonnée pendant son sommeil. Je n'étais pas là, elle avait tout prévu pour passer la nuit dehors.

Un premier rai de soleil fusait par-dessus les têtes de la forêt. Il allait faire beau encore. Nous avions l'un et l'autre notre couverture sur le bras et je lui ai proposé :

— Quand j'aurai dormi un peu, on pourrait descendre faire un tour au village, tout à l'heure ?

39

Elle est arrivée à la fin de la matinée, quand je commençais à l'attendre. J'avais eu le temps d'aller constater à l'orée les traces de pieds de chevreuils imprimées dans la terre et l'herbe couchée qui gardait la forme de leurs corps, là où ils avaient dormi.

Elle avait quitté le pantalon kaki et portait maintenant une robe. Des déportées avaient trouvé une machine à coudre et lui avaient piqué cette robe à boutonnage dans le dos, dans le calicot fleuri d'un rideau de fenêtre. Elle avait noué en turban sur sa nuque un morceau de ce calicot qui dissimulait son crâne rasé. Mais elle gardait ce geste compulsif d'y porter la main.

On a profité d'une jeep pour descendre à Mauthausen. L'excitation n'était plus aussi intense au village depuis le départ des Russes. Celui des Espagnols était annoncé pour le lendemain et eux surtout se faisaient entendre. Leur destination était, pour l'instant, le sud de la France et Kowalski m'encourageait à partir avec eux.

Nous n'avons pas traversé le fleuve. Des trafiquants rôdaient autour de l'embarcadère et proposaient de la marchandise volée et des filles dont ils garantissaient la bonne santé. On a longé la rive du Danube jusqu'à la plage où mon commando avait pelleté du sable. Les eaux sans rides du fleuve étaient comme du métal chauffé au soleil. Des Espagnols s'y baignaient. Ils avaient ajouté du schnaps dans les gourdes de cidre qu'ils faisaient circuler. Un Espagnol dans l'eau jusqu'à la ceinture essayait de pêcher avec son chapeau. Les filles sur la berge le regardaient et riaient, les robes remontées au-dessus des genoux. Il a hurlé soudain, il tenait par la queue un petit poisson frétillant qu'il a remis dans le chapeau pour venir le montrer aux filles.

On est retournés au village et on s'est assis à une table du Fluss Hotel. Des officiers de la police militaire américaine interrogeaient l'aubergiste qui n'avait rien fait, rien vu, disait-il. Pourtant les troupeaux de déportés gardés par les chiens mangeurs d'hommes défilaient devant son établissement. Ziereis organisait des fêtes chez lui et ses officiers dormaient dans ses chambres avec leurs femmes et leurs maîtresses. Ziereis, que les Américains avaient rattrapé dans sa fuite, et dont le cadavre avait été accroché par les anciens détenus sur la clôture du camp de Gusen.

La femme de l'aubergiste, pâle comme son tablier, continuait le service dans la salle. Ce bel après-midi inclinait doucement vers sa fin. On parlait de remonter au guet des chevreuils, et c'est alors que j'ai dit :

— Et si on dormait ici, cette nuit, dans un vrai lit ?

Elle m'a interrogé du regard en clignant ses yeux tristes et se demandant si je ne me moquais pas d'elle. Elle a secoué la tête, non, ça n'était pas possible.

J'ai insisté.

— Ce n'est pas pour ce que tu crois. D'ailleurs, je ne sais pas si je pourrais. Ils nous ont fait avaler tant de bromure. Mais coucher dans un lit, avec des draps.

Elle continuait de secouer la tête, ses yeux mouillés dans les miens, me priant d'abandonner cette idée.

— Je suis sûr qu'ils nous donneront une chambre, maintenant que la police les interroge.

Je ne sais pas si cet argument a porté. Elle semblait moins ferme dans son refus. Le patron est sorti de sa cuisine entre les deux militaires de la police et il les a suivis dans leur jeep. La patronne nous a donné une clé et on est montés à l'étage.

Le lit était un grand lit métallique à tubes dorés. Les petits rideaux de dentelle avaient un M, comme Mauthausen, au milieu d'un cœur à la fenêtre. Le broc d'eau sous la table de toilette était plein.

Anna a respiré le morceau de savon américain Pears au bord de la cuvette. Elle s'est retournée pour voir si je la regardais.

Je la regardais. Elle a quand même retiré son turban. Elle a savonné le gant et frotté les courtes pousses de ses cheveux noirs que la mousse de savon a rendus tout blancs.

Les chromos sous verre alignés sur les murs portaient tous l'indication *Oberösterreich*. Les vitres de la fenêtre ont vibré au passage d'un interminable convoi militaire et la nuit a été là après.

On a éteint nos cigarettes dans le cendrier sur la table de toilette. J'ai rempli d'eau un verre.

— Tu as soif ?

— Oui.

On a bu.

Elle a dit, en ouvrant le lit, que son père dormait toujours à droite et laissait libre la place de gauche où avait dormi sa mère. Les oreillers étaient blancs. Elle s'est assise à gauche du lit et elle a attendu que j'aie mis ma veste sur le dossier de la chaise et que je vienne.

On s'est allongés en même temps. On ne s'était pas déshabillés. Elle a rabaissé sa robe qui découvrait ses genoux de squelette.

Elle a fermé les yeux.

— Tu veux que j'éteigne ?

Elle n'a pas répondu. Une poire-interrupteur pendait au bout d'un fil à la tête du lit. L'ampoule du plafonnier avait un abat-jour de porcelaine blanche.

— Tu trouves que je suis bavard ?

— Oui.

Je l'ai regardée respirer. L'ampoule éclairait ses joues velues à cause du manque de vitamines, sa poitrine se soulevait à peine comme dans l'herbe du terrain de foot le matin.

— Tu respires comme un oiseau.

Les draps sentaient le propre, le savon, qui n'était pas américain.

— Ma mère met du bleu dans sa lessiveuse pour rendre le linge plus blanc.

Elle avait du crayon de couleur sur ses ongles de mains et de pieds. J'ai tendu le bras pour enlever un fil sur la robe d'Anna et, elle avait ouvert les yeux, elle a eu un mouvement de recul.

Elle a murmuré :

— Éteins, je t'en prie.

J'ai pressé la poire. La chambre a été plongée dans le noir avec un peu de la lueur pâle de la nuit dehors.

Je lui ai demandé :

— Tu crois que les chevreuils sont à l'orée ?

Elle a répondu tout bas :

— Oui, je crois.

— Nombreux ?

— Un troupeau.

— Cent !

— Des chevrettes et des faons et des brocards avec de grands andouillers ?

— Et des petits culs blancs.

On était à quelques centimètres l'un de l'autre. Mes yeux s'étaient habitués au noir. Je distinguais maintenant son profil.

— Est-ce que ça t'empêchera de dormir si on se donne la main ? a-t-elle chuchoté plus bas encore.

— Non… au contraire.

On a glissé le bras sur le drap et on s'est pris la main.

— J'espère que je ne vais pas ronfler, ça m'arrive quelquefois, ai-je dit.

Et, plus tard, je ne l'entendais toujours pas respirer :

— Est-ce que tu dors ?

J'épiais encore la tache de son visage sur l'oreiller et je n'osais pas bouger. J'avais toujours sa main dans la mienne, complètement relâchée. Elle n'a pas répondu.

Un autre convoi de camions est passé. La trémulation de la vitre a accompagné le bourdonnement des véhicules.

Je me suis levé à deux heures, j'ai bu un verre d'eau, regardé par la fenêtre. Les eaux du fleuve réverbéraient les lumières du ciel. La nuit était moins noire que là-haut dans ma cabane. Je me suis recouché.

Quand je me suis réveillé au matin, il faisait jour, Anna était levée. Elle faisait sa toilette et me tournait le dos.

Elle avait défait les boutons de sa robe en haut sur sa nuque et l'avait descendue un peu en avant pour passer le gant sur ses épaules nues. Elle s'est essuyée avec la serviette et je me suis aperçu qu'elle savait que j'avais ouvert les yeux.

Elle a dit :

— Il faut que j'y aille, ils vont avoir besoin de moi.

— De moi aussi.

Je me suis levé. Elle a noué le turban sur sa nuque et vérifié dans le petit miroir de la table de toilette.

— Tu ne te laves pas ?

— Je viens avec toi.

— Quand je me suis réveillée, je croyais que j'étais dans mon lit à Liège.

— Tu as bien dormi ?

Elle a haussé les épaules.

— J'ai ouvert les yeux. Je t'ai vu à côté de moi.

— Tu as été déçue ?

Elle s'est passé une main sur le crâne, puis l'autre. Ensuite elle n'a plus su quoi faire de ses mains.

On est descendus. La patronne parlait aux soldats de son mari que les policiers avaient emmené, il n'avait rien fait, il avait seulement servi à boire et à manger, est-ce qu'on enferme les gens pour ça ? Est-ce qu'on allait l'enfermer aussi ?

— S'il n'a rien fait, ils vont le libérer, madame.

On est montés à l'arrière de la jeep des soldats. Anna sentait le savon Pears.

Un tulle de nuages voilait le ciel que le soleil ne tarderait pas à dissiper. Les soldats nous ont laissés devant l'hôpital. Ils devaient accompagner les camions des Espagnols qui arriveraient plus tard. J'ai lancé à Anna qui s'en allait :

— À ce soir ?

Elle a répondu sans se retourner avec ce geste de la main qui ne voulait dire ni oui ni non.

40

Les rollmops sont arrivés. La serveuse est enfin venue avec son diadème dans les cheveux et son tablier. Le givre et la neige fondent au soleil sur le métal de la verrière et coulent lentement en pleurs sur les vitres embuées.

C'est Beate, à l'accueil du Donau Hotel, qui nous a dit, si on allait de l'autre côté du fleuve, de ne manquer à aucun prix les rollmops du gasthaus d'Ennsdorf.

— On y sert les meilleurs de toute l'Autriche et peut-être, a-t-elle ajouté souriante, du monde !

Les roulés de poisson sont parfaits, c'est vrai. Je me régale de leur fraîcheur douce et piquante, des petits oignons amers, de la texture du poisson à la chair blanche d'un côté et, de l'autre, de la bande luisante noir et argent de la peau.

Claude sourit de me voir saucer des bouchées de pain dans le vinaigre saumâtre où baigne le poisson. Elle adore cuisiner. Quand elle a pris sa retraite d'institutrice, elle a développé l'élevage des volailles, pas seulement les poules et les canards, elle a voulu des pintades, des dindes. Elle a eu des oies. La place ne manquait pas à Fougereuse. Elle était tout le temps en pâtés, en rillettes, en confits. Elle n'oubliait pas le sucré. Les petits-enfants l'ont appelée mamie gâteau.

Elle a réduit la basse-cour maintenant. Mais pour les fêtes, elle remet la main à la pâte, elle pétrit, coupe, mouline, brasse. Je l'aide à mettre les rallonges de la table. À Noël, les enfants réclament la bûche au chocolat et à la confiture de mamie gâteau.

— Tu m'as bien dit que le Donau Hotel, c'était le Fluss Hotel ? me demande-t-elle. C'est parce que vous y avez dormi que tu as voulu que nous nous y arrêtions ?

Je fais oui avec la tête.

— Pourquoi tu ne me l'as pas dit plus tôt ?

Je souris, maladroit.

— Parce qu'on n'est ensemble que depuis soixante et quelques années ! Je n'ai pas encore eu le temps de tout te dire. Mais on est venus à Ennsdorf pour ça. Tu vas tout savoir. Il n'y en a pas pour longtemps.

Je remplis mon verre. La bouteille est aux trois quarts vide. Je me penche vers elle en l'interrogeant des yeux comme pour m'assurer que je peux encore lui dire ça :

— Je me suis aperçu, quand j'étais dans la chambre près d'elle, que nous aurions pu, enfin que j'aurais pu. Mais je n'ai pas pris l'initiative, je ne l'ai pas voulu, je ne voulais pas lui faire de mal, il aurait fallu que ce soit elle, après ce qu'elle avait subi.

Je lève mon verre, avale une gorgée. Claude me dévisage.

— Je pensais que vous aviez vraiment couché.

— Je pensais que tu le pensais. On a couché.

— Je ne pensais pas comme ça.

— Tu m'en aurais voulu.

— Non. Puisque je ne le savais pas.

Elle rougit, se corrige :

— Peut-être que oui.

Elle boit à son tour. Un jeune couple s'est installé dans la verrière à une table voisine en compagnie d'une vieille dame. Ils n'ont pris que des pâtisseries. Je regarde Claude boire. Ses yeux brillent. Elle presse ma main. Ses doigts sont moites.

— Il faut bien que nous profitions du fruit de la vigne autrichienne, dis-je, pour une fois qu'ils nous offrent quelque chose de bon !

Je l'ai prononcé à voix haute. Le trio voisin a levé la tête.

— Pas si fort ! intervient Claude.

— Eh quoi ! Qu'est-ce que j'ai dit de mal ?

Un mouton surgit de la rue de l'église à l'angle de la place, un bélier, suivi d'une brebis, une autre, une autre, un petit troupeau d'une quinzaine à la queue leu leu. Ils ont tous des oreilles en feuilles de chou qui leur descendent et flottent au ras du cou.

— C'est la race des moutons du Tyrol, dis-je, je n'en avais jamais vu en vrai.

Leur toison semble jaune sur la neige blanche. Ils traversent la place en diagonale sans se soucier des chemins salés qui ont été tracés. Je prends une cigarette et bouge pour me lever.

— Qu'est-ce que tu fais ?

— Je vais les voir.

— Tu ne les vois pas d'ici ? Si tu sors, couvre-toi, mets ta casquette, l'écharpe, la canadienne.

Claude me prie des yeux.

— Il fait froid dehors, chéri.

Elle insiste.

— Reste.

Le troupeau contourne la tour du beffroi. Le chien noir avec une flamme blanche sous la gorge fait son travail de chien, trotte d'une brebis à l'autre, tranquille, sans aboyer ni mordre, et les brebis ne rompent pas le rang.

— Les brebis du Tyrol sont très prolifiques, elles peuvent mettre bas deux fois par an.

Une jeune femme arrive derrière, une fille blonde avec un bâton de bergère. Elle marche à grandes enjambées sur ses longues jambes qui soulèvent de gros godillots. Elle porte sur la tête une sorte de bonnet andin, à longues oreilles flottantes comme celles de ses moutons, d'où jaillissent ses mèches de cheveux presque blancs. Sa cape noire lui descend aux chevilles.

— Une jolie Autrichienne, murmure Claude.

Et moi tourné vers la table du jeune couple et de la vieille dame :

— Eine hübsche Österreicherin !

La vieille dame sourit. Le troupeau s'engage dans la rue en face. Des crottes dans la neige marquent son passage à travers la place.

— On passait dans leurs rues comme ces bêtes, mais on était autrement traités. Et ils prétendent qu'ils n'ont rien vu !

Je dis que les GMC pour le transport des Espagnols sont arrivés aux alentours de midi. J'accompagnais les handicapés, les boiteux avec leurs béquilles. Il y avait quelques femmes espagnoles. J'ai cherché Anna parmi elles en espérant qu'elle serait là aussi pour aider. Je ne l'ai pas vue.

Kowalski est arrivé un peu plus tard. Il m'a paru inquiet. Le moteur du GMC tournait et lâchait une fumée noire.

Il m'a demandé si j'avais vu récemment Anna. Je lui ai répondu que oui, ce matin.

— Elle était comment ?

J'ai compris qu'il y avait quelque chose et j'ai tourné le dos parce que je n'avais pas envie d'entendre ce qu'il allait me dire.

Kowalski m'a pris par le coude et m'a entraîné un peu plus loin sur le chemin de ceinture du camp.

— On a trouvé Anna assise, tout à l'heure, sur un tabouret dans le cagibi des médicaments. Elle s'est sans doute sentie mal. Les boîtes de seringues et d'aiguilles étaient tombées à côté d'elle. Elle n'a pas dû souffrir. Elle n'était plus là. Elle était partie.

Je n'ai pas compris d'abord, ou je n'ai pas voulu. J'ai demandé :

— Partie ?

J'étais pourtant habitué à ce mot dans la bouche de Kowalski qui préférait l'employer plutôt que les autres. On était vaccinés contre la mort, du moins je le croyais. On la fréquentait tous les jours. Elle passait devant moi par chariots entiers qui débordaient. Elle s'envolait par la cheminée.

Mais c'était Anna.

Kowalski m'a aidé à m'asseoir au pied du mur et s'est accroupi à côté de moi. La fumée du GMC qui se découpait sur les pierres de la forteresse empestait l'essence.

J'ai dit à Kowalski :

— On a passé la nuit ensemble.

— Je sais.

— Elle respirait comme un oiseau. Ce matin, en se réveillant, elle croyait être dans son lit à Liège.

— Elle devait être contente.

J'ai alors sombré dans l'un de mes trous noirs. Ça n'était pas vraiment de l'évanouissement. C'était une forme d'amnésie. Je ne savais plus où j'étais, ni ce que je faisais. Claude m'avait connu longtemps comme ça, après mon retour en France, pendant cinq ans, jusqu'aux naissances des garçons. Aliénor disait en plaisantant que je descendais dans mon cercueil et que j'en ressortais ressuscité comme Lazare et que, comme lui, j'étais incapable de raconter ce que j'avais vu.

Le trou noir a dû être particulièrement impressionnant et long cette fois. Quand j'ai recouvré mes esprits, Kowalski était encore accroupi à côté de moi. Par-dessus l'épaule de mon ami, j'avais sous les yeux la tranchée provisoire du cimetière dans le contrebas. La mémoire m'est revenue.

J'ai dit :

— Elle s'était pesée. Elle allait mieux.

— Anna était sur le fil comme nous, a reconnu Kowalski en me serrant fort le bras pour me relever et me soutenir.

Et, avec l'autorité et la fermeté de ton qu'il avait avec les malades :

— Tu vas m'écouter maintenant. Tu vas monter dans ce camion avec les Espagnols. Ils vont en France. J'ai préparé les papiers. Je ne tarderai pas à m'en aller, dans deux ou trois jours moi aussi. Les médecins américains sont maintenant nombreux.

J'ai voulu discuter. Kowalski a tranché.

— C'est un ordre.

J'ai demandé :

— Est-ce que je peux la voir ?

— Si tu veux.

— Et puis non, je préfère pas.

Je voulais me souvenir d'elle tournée vers moi, de trois quarts, la main levée dans un dernier geste d'au revoir.

41

La serveuse apporte la Sachertorte du dessert et les grands cafés avec leurs icebergs de crème. Elle vide la bouteille dans mon verre. Claude s'essuie le front avec sa serviette. Elle a chaud. Elle transpire.

— Tu m'as trop fait boire, souffle-t-elle. Je ne vais pas tenir debout tout à l'heure.

Je lui souris.

— Tu me prendras le bras.

Je dis que je suis allé prendre mes affaires dans la cabane.

— Rien, mon quart, ma cuiller et ma fourchette, ma couverture parce qu'on en donnait aux Espagnols même s'il ne faisait pas froid, une carte d'état-major de l'Autriche avec les camps annexes de Mauthausen soulignés en rouge que j'avais trouvée dans un bureau des SS. Kowalski m'a accompagné au GMC. Trois camions se préparaient à nous convoyer. Les moteurs tournaient et les fumées s'élevaient encore dans le soleil blanc de ce début d'après-midi. Il m'a donné une trousse de secours d'urgence pour les Espagnols et moi, et nous nous sommes serré la main.

Je dis, les yeux fermés, je pourrais parler fort maintenant, nos voisins sont partis :

— Je crois que, comme ça après si longtemps, je reconnaîtrais sa main courte, sa paume épaisse, les doigts carrés et bosselés poilus sur les phalanges, qui m'ont soigné et que j'ai vu soigner les autres.

La main de Claude revient délicatement sur la mienne.

— Il m'a dit : n'écris pas, ne prends pas de mes nouvelles, je vais rentrer à Cracovie retrouver ma femme et ma fille, tourne la page, ne regarde pas en arrière, vis ta vie, on a bien travaillé ensemble, on a eu de la chance, tu es jeune, il secouait ma main, tu as Claude, il m'a parlé de toi, occupe-toi d'elle, si le destin le veut, il nous fera nous retrouver un jour, mais ce n'est pas très important. Il souriait, les paupières plissées, la lumière l'y obligeait, à cause de ses yeux clairs. Le chauffeur du camion a annoncé qu'il allait fermer le hayon. On s'est lâché les mains. Les Espagnols qui criaient, qui chantaient, qui avaient bu se sont tus lorsque la jeep du capitaine a commencé à rouler à la tête du convoi. Comme aux Russes quelque chose maintenant leur tordait les tripes, à moi aussi. Les camions ont traversé Mauthausen, longé la promenade du Danube et la placette de la petite gare plantée d'ormes avant d'obliquer à gauche en direction de Linz.

À Linz on a attendu l'avion pendant deux jours. On dormait dans des tentes sur des lits de camp propres et confortables. J'ai oublié ma couverture dans la tente des douches. Je suis revenu la chercher mais elle n'y était plus. Je l'ai réclamée à l'infirmier de la Croix-Rouge, mais personne ne se souvenait d'une couverture dans le vestiaire des douches. Je l'ai peut-être perdue ailleurs. J'étais au bout du rouleau. Kowalski m'a probablement encore sauvé la vie. Je serais resté quelques jours de plus, je ne serais sans doute jamais revenu. La mort d'Anna m'a sauvé la vie. Dans le camp, tout ce qui se produisait était aux dépens de quelqu'un d'autre. Ta vie contre la sienne. Ta gamelle pleine contre la sienne vide. Le coup qui frappait le copain plutôt que toi.

— Tu as aimé Anna ? me questionne Claude.

Ses doigts chauds en caresse sur les miens. Son regard mouillé qui voit le fond des choses. Je soupire.

— Qu'est-ce que ça veut dire aimer ? C'est une question de circonstances. On était là tous les deux. On ne se connaissait que depuis la libération. On a passé ces moments ensemble. Avec elle, on faisait quelque chose qui ressemblait à la vie.

Une goutte d'eau glisse sur la vitre de la verrière. Je la regarde.

— Je te demande pardon. Si c'est ça, l'amour, oui je crois que je l'ai aimée.

Claude rosit à nouveau et secoue la tête.

— Tu n'as pas à me demander pardon.

Elle continue de secouer la tête avec cette profondeur bienveillante dans les yeux qui m'a toujours impressionné chez elle. Sa main pétrit la mienne.

42

On sort du gasthaus d'Ennsdorf.

— Tu tiens debout ?

Je soutiens Claude. Je souris et souffle un rond de fumée de ma cigarette.

— Ça va aller, dit-elle.

Mais elle ne lâche pas mon bras.

Le dégel au soleil se confirme. Les toits s'égouttent. La neige est molle sur la place, mais à l'ombre elle reste à glace. Dans peu de temps, dans une heure, le soleil pâlira et les gouttières allongeront des stalactites. Je toussote. Claude ne l'avait pas remarqué.

— Boutonne-toi. Éteins ta cigarette.

Je referme ma canadienne.

— Je n'ai pas froid.

— Moi non plus, parce que nous venons de boire et manger.

Je me retourne avant de quitter la place.

— Qu'est-ce que tu regardes ?

— Tout, la place.

Claude me noue l'écharpe et me pose un baiser rapide sur la joue.

— Et moi ? dis-je.

— Toi, quoi ?

Elle a compris, elle me tend sa joue. Je l'embrasse sur la bouche. Elle rit.

— On a l'air de quoi, deux vieux exhibitionnistes français qui ont trop bu et qui s'embrassent dans la rue !

On redescend vers le fleuve et le bateau. Le mécanicien a rendez-vous avec nous tout à l'heure pour le remplacement de la batterie du pick-up.

La troupe bruyante des passagers du matin est là aussi, prête à embarquer. La jeune femme qui se tient un peu à l'écart du groupe avec son compagnon nous adresse un petit sourire. On monte derrière eux et je reste sur le pont avec Claude le temps de finir de fumer la cigarette que j'ai allumée au mégot de la précédente parce qu'il me semble que la nicotine calme ma toux. Mais quand le bateau s'éloigne du quai, on rentre dans la cabine et on s'installe sur la banquette.

Je m'efforce d'être discret, contiens ma toux le poing sur la bouche, cherche dans le sac à dos la petite bouteille d'eau que Claude me donne, bois, mais sens que rien ne va calmer la quinte, une sale quinte qui me secoue, qui part de profond, de la poitrine, me fait rougir, que je retiens autant que je peux. La bête endormie dans ma poitrine s'est réveillée. Je l'appelle la bête avec l'oncologue, je prends des nouvelles de la bête dans son cabinet, comment se porte la bête, qu'est-ce qu'elle devient, et c'est assez juste.

Elle me tiraille maintenant, s'agite, me brûle. Je tète une gorgée, fais semblant. Et soudain, malgré moi, j'explose d'un éclat violent, rauque, qui me déchire.

Les passagers qui bavardaient baissent le ton et leurs regards nous fuient. Claude sort vite du sac la plaquette de comprimés, m'en tend un que je gobe en essayant de reprendre souffle.

La petite jeune femme nous adresse un nouveau sourire quand le médicament commence à faire effet.

— Ça va aller, dis-je à Claude pour la rassurer.

Je sens pourtant ma gorge encore encombrée, la trachée se resserrer. Ça n'est pas une alerte ordinaire. Il y a les petites secousses comme des avertissements, et il y a les autres. Je pense à notre déjeuner, à ce que j'ai dit, on était trop bien. Je prends une gorgée à la bouteille, mais est-ce que l'eau peut quelque chose contre ce feu ? Claude me sourit pour m'encourager, mais avec un drôle d'air.

— Ça t'a donné des couleurs.

— Ça dessaoule.

Le brouhaha a repris dans la cabine. On traverse le sillage d'une péniche à la remontée du fleuve et la houle balance la vedette. Il me tarde d'arriver, je ne le dis pas, mais je sens que le cachet ne me dégage pas aussi bien que d'habitude.

Quand je pose le pied sur les planches de l'embarcadère, c'est complètement idiot, j'allume encore une cigarette pour enfumer la bête.

— Qu'est-ce que tu fais ? me reproche Claude.

Elle a raison. J'inhale profondément la fumée. La neige nous semble plus ferme qu'à Ennsdorf, déjà le gel recommence à pincer.

— Ils ont heureusement l'habitude du froid ici, dis-je, ils salent les routes. Nous pourrons partir demain.

Beate est à son poste derrière le comptoir de l'hôtel. Je tousse dans mon poing en lui signalant que le mécanicien va venir pour la batterie du pick-up et que nous l'attendons dans la chambre.

Je m'arrête dans l'escalier. Claude fouille dans le sac sur mon dos à la recherche des cachets.

Je tousse encore dans le couloir. Elle m'en tend un sans rien dire en ouvrant la porte de la chambre où elle fonce dans la salle de bains me chercher un verre d'eau.

— Allonge-toi. Repose-toi.

Je quitte mes chaussures et me couche sur le lit qu'elle a déjà ouvert. Elle me touche le front.

— On n'aurait pas dû aller là-bas.

— Mais si. Pourquoi ? Qu'est-ce que ça aurait changé ?

— Tu as bien mangé tout à l'heure.

— Oui. J'avais faim. Ça n'est pas la première alerte.

— Je n'aime pas que ton front soit chaud comme ça.

Elle braque le Thermoflash.

— 38,2. Ce n'est pas beaucoup plus que ce matin.

Je voudrais encore un peu d'eau. Elle rapporte de la salle de bains une serviette humide qu'elle veut m'appliquer sur le front. Je la remercie, grimace.

— Ça te fera du bien.

Le linge frais, curieusement, elle avait raison, me soulage. Elle s'assied au bord du lit, me regarde, sa main dans mes cheveux, ce n'est pas de la pitié, de la compassion, mais de la tendresse.

— Tu as des couleurs, comme sur le bateau.

— Tu en as pris toi aussi. C'est la neige. C'est rien, un coup de pompe, j'étais bien tout à l'heure au gasthaus.

— La fièvre a monté.

— C'est la fatigue de toutes ces émotions.

— Tu devrais peut-être prendre un bain tiède.

Elle a raison. Claude a toujours raison.

— Pas un bain, une douche.

Je me lève et commence à me déshabiller. Elle m'aide à déboutonner la chemise et me dépouiller du tricot de corps. Elle appuie sa main sur ma peau blanche. Je referme mon bras sur elle, la serre.

Le téléphone sonne. C'est le mécanicien. Elle me fait signe qu'elle y va, ce n'est pas compliqué, elle va se débrouiller avec lui.

— Douche-toi. Ça ne devrait pas être bien long.

Elle prend la clé du pick-up dans le tiroir, m'effleure de la main en partant. Je suis presque nu au milieu de la chambre. Je la regarde s'affairer et s'en aller. Ce n'est pas dans mes habitudes de laisser Claude régler ces problèmes de voiture.

43

Elle m'entend du couloir, quand elle revient. Je suis assis sur le tabouret de la salle de bains, la tête inclinée dans le lavabo. Elle attrape ma veste de pyjama sur le lit.

— Tu vas attraper du mal. Couvre-toi !

Je ne suis pas douché. Je me dis que le cœur pourrait lâcher, à force. Je halète :

— Ma pauvre chérie, je crois que je vais avoir besoin de toi !

— Eh oui, il faut bien que je serve à quelque chose !

Je dis que tousser me donne des haut-le-cœur. Elle m'aide à me relever. Je m'appuie sur elle et on marche vers le lit où je me couche.

Je veux une cuvette. Il n'y en a pas. Elle approche la corbeille à papier. Je demande comment ça s'est passé pour le pick-up.

— Ça va.

Ma toux est plus caverneuse que les autres jours, plus sèche, plus asphyxiante.

— Qu'est-ce qu'on fait ? m'interroge-t-elle. On appelle un médecin ?

— Donne-moi un cachet.

Elle m'en a déjà donné deux. Elle va chercher la trousse dans la salle de bains. La chambre tourne un peu. Je ferme les yeux. Le manège tourne encore. Quand elle revient, elle m'appelle, me relève la tête, j'ai perdu connaissance.

Elle monte sur le lit, me tape les joues, insiste, je suis toujours inconscient.

Elle panique, crie au téléphone, réclame de l'aide, un médecin, vite.

Elle m'entend gémir. Je m'entends gémir. Elle revient au lit, me prend dans ses bras, me parle.

— Simon ! Chéri ! C'est moi, est-ce que tu m'entends ?

J'entrouvre les yeux. J'essaie de lui sourire. J'exhale un profond soupir. Elle s'excite à me frapper les joues. Je lui dis :

— Arrête !

Beate entre dans la chambre, accompagnée d'un homme jeune en parka à capuche, la sacoche de cuir à la main. Il se trouve que le cabinet du médecin est à deux maisons de l'hôtel.

Il glisse l'oxymètre à mon doigt. Il ne parle pas français. Cet homme ferait penser plutôt à un handballeur ou un champion de descente de ski. Il plaisante.

— Alors Vati, vous jouez à nous faire peur ?

Beate traduit :

— Vati, grand-papa.

Il ouvre ma veste de pyjama, demande à Claude pendant combien de temps j'ai été évanoui. Elle ne sait pas, ç'a été long. C'est toujours trop long dans ces cas-là.

Il promène son doigt devant mes yeux. Au moins je ne tousse plus. Claude prétend que j'ai retrouvé un peu de couleurs.

— Ça a dû être impressionnant, madame, déclare le médecin.

— Je ne sais pas, dis-je.

Ils éclatent de rire.

Je vais mieux. Je veux me redresser. La chambre balance un peu. Le médecin m'oblige à rester allongé tandis qu'il consulte mon dossier médical qui a suivi dans mes bagages.

Il revient au lit et m'aide à m'asseoir en proposant de repasser demain matin parce qu'il a entendu que nous devrions normalement prendre la route, ce qui lui semble risqué. Il conseille à Claude de me donner un cachet pour éviter une nouvelle quinte et sort de son sac une tablette de comprimés qui devraient faire tomber la fièvre.

Il remonte la fermeture éclair de sa parka. Beate le raccompagne et revient avec la cafetière que j'ai demandée. Le médecin n'a pas interdit la caféine, au contraire, elle fera remonter la tension.

44

J'ai complètement retrouvé ma tête. J'ai toujours eu cette chance de remonter très vite après avoir touché le fond. Lazare, répétait Aliénor satisfaite, Simon-Lazare ! Je me suis assis à l'étroite table-bureau. J'ai invité Beate à prendre le café avec nous, mais le café ne lui convient pas le soir. Elle reste pourtant, bras croisés, dans la chambre.

Ma main ne tremble pas quand je remplis nos tasses. Claude boutonne le col de ma veste de pyjama qui laisse paraître un buisson de poils blancs.

Ai-je encore de la fièvre ? M'évanouir m'a soulagé comme si la bête s'était rendormie avec moi. Le médecin a promis à Claude qu'il lui renouvellerait l'ordonnance de cachets, elle n'a pas de souci à se faire.

Je répète qu'on partira demain. S'il le faut, je ne conduirai pas.

— C'est toi qui conduiras ?

— Oui, c'était prévu comme ça. Même si je ne suis pas rassurée par les bolides allemands.

— On ne dira rien aux enfants. Tu ne leur diras pas que j'ai fait un petit malaise.

Claude détourne les yeux, rougit.

— Tu les as déjà appelés !

Elle se tourne vers moi, me regarde, sourit.

— J'ai failli, mais je n'ai pas eu le temps, je ne l'ai pas fait.

— C'est vrai ?

— C'est vrai.

Pourquoi Beate reste-t-elle dans la chambre, bras croisés, appuyée à la porte, à nous écouter parler de nos enfants avec un demi-sourire ? Elle n'est pas pressée. On dirait qu'elle attend quelque chose. Claude a refermé le lit où j'étais couché tout à l'heure. Elle est revenue s'asseoir à côté de moi. On est épaule contre épaule. J'ai déjà fini ma tasse. Le café me fait du bien.

— Ç'aurait été drôle que j'aie fait le voyage pour venir mourir à Mauthausen !

— Drôle pour qui ?

Je regarde Beate.

— J'ai été pensionnaire là-haut.

Elle bouge un peu ses lèvres au rouge carmin comme ses ongles.

— J'étais alors plus jeune que toi.

Je la tutoie, elle est plus jeune que nos petits-enfants.

— Nous sommes en pèlerinage. Je n'étais jamais revenu. Je suis resté là-haut plus de deux ans. Je m'en suis sorti parce que j'étais jeune.

Elle fait oui de la tête, ses grands yeux noirs sur Claude et moi.

— Parce que c'était toi, intervient Claude. Quand il a passé la radio, à son retour à Paris, il pesait trente-huit kilos, le médecin lui a dit : « Vous avez eu la tuberculose, monsieur. — La tuberculose, moi ? Non, pas du tout. — Regardez votre radio. Vous voyez ce trou dans votre poumon gauche ? » Il ne s'était aperçu de rien. Il l'avait supporté. Il s'en est guéri tout seul.

— La vie a été généreuse avec moi.

Claude sourit.

— C'est une force de la nature.

Elle pose la main sur mon genou.

— Vous comprenez pourquoi je tiens à lui ?

Beate fait encore oui de la tête en souriant. Je lui demande :

— Tu es originaire de Mauthausen ?

Elle décroise les bras, ouvre la bouche, cherche ses mots français comme si elle les avait perdus.

— Mes parents… ma famille est une vieille famille de Mauthausen.

Elle mord sa lèvre, recroise les bras, s'adosse à la porte, finit par dire :

— Mon arrière-grand-père tenait l'hôtel pendant la guerre.

Je hoche la tête.

— Je ne sais pas pourquoi, je m'en doutais.

Je me ressers un peu de café.

— J'étais là quand les policiers américains ont arrêté ton arrière-grand-père.

Elle détourne les yeux, fixe les lattes du plancher, la nuit qui est venue derrière la fenêtre, le halo jaune des réverbères de la place.

— Il est resté cinq ans en prison, murmure-t-elle la voix étranglée. Il aurait pu payer plus cher.

Elle lève les yeux, nous regarde.

— C'était justice.

Ses yeux brillent, un éclair les traverse.

— Je ne l'ai pas connu. Je ne m'en porte pas plus mal !

— Rassure-toi, lui dis-je, tu ne lui ressembles pas.

— Je me doutais que vous aviez été déporté là-bas. Je reconnais les clients qui sont passés à Mauthausen.

— Parce qu'ils sont vieux ?

— Non.

On échange un regard qui scrute sans rien dire.

— Tes grands-parents et tes parents sont restés quand même ?

— Ç'a été difficile pour eux. J'ai été en pension à Vienne. Je suis revenue.

— Pourquoi ?

— Je ne sais pas.

Elle ferme les yeux, les rouvre, une larme coule.

— Dans mille ans on parlera encore de nous.

Elle essuie la larme avec son doigt, tire un mouchoir en papier de sa poche, se mouche.

Je lui dis que je n'avais pas de haine contre les Allemands. Ils étaient nos ennemis. On n'en voulait pas chez nous. Il y a des salauds partout. Il m'est arrivé d'avoir encore des doutes au sujet de l'Allemagne. Je savais que le temps avait passé, qu'il n'y avait plus de frontières, tout allait bien entre nous. Mais j'avais croisé tant de diables, d'assassins.

Je prends Claude à témoin :

— Tu nous rassures, Beate, comme ton voisin médecin qui a l'air de te ressembler.

Beate porte le mouchoir en papier à sa joue pour essuyer une autre larme en souriant triste.

— Excusez-moi.

— Tu n'es pas responsable des fautes de ton arrière-grand-père.

— Il était comment ?

— Il était un homme.

Elle hoche la tête, pivote pour sortir, murmure retournée :

— À demain.

— Bonsoir.

La main de Claude n'a pas quitté mon genou. On est toujours épaule contre épaule. Elle me sourit, ce sourire tendre qui enveloppe.

— Eh bien, dit-elle, ce soir !…

Et puis :

— Il était comment son arrière-grand-père ?

— Un grand Autrichien costaud bedonnant à la figure rouge, avec un tablier bleu qu'il n'avait pas quitté quand il est monté dans la jeep. Après qu'il a été parti, les gars sont descendus dans la cave chercher les bouteilles qu'il réservait à ses amis SS. Les bouteilles faisaient diling-diling dans les casiers lorsqu'ils remontaient l'escalier.

45

Le médecin nous a donné le feu vert pour que nous prenions la route. La capacité de récupération du vieux malade que j'étais l'a surpris. Lorsqu'il est entré dans la chambre pour sa visite, nous étions habillés, la toilette faite, tout était rangé, les bagages étaient prêts, la casquette à oreilles et le bonnet sur les sacs.

La fièvre était tombée. Je respirais aussi convenablement que possible. Pouvait-il nous empêcher de partir ? Qu'est-ce qu'on aurait gagné à ronger notre frein dans la chambre d'hôtel ?

Il avait deviné aussi que j'étais un ancien du camp. Beate le lui a confirmé. Et puis il y avait Claude. Elle lui a paru solide, plus que moi. Il a eu confiance en ma gardienne. Il a vu ses regards, ses petits gestes, ses manières de toucher, de répondre. Il a rédigé l'ordonnance qu'il avait promise et nous a autorisés, puisque nous le voulions, à y aller.

D'ordinaire Beate n'est pas derrière le comptoir, le matin. Elle vaque entre les petits déjeuners et les chambres. Mais aujourd'hui, elle attend, elle nous a attendus.

Elle a remplacé la robe noire par un complet tailleur et un chemisier à fleurs. Son rouge à lèvres brille. On règle les formalités et c'est le moment de l'auf wiedersehen.

Elle quitte son comptoir pour nous dire qu'elle regrette de ne pas nous avoir présenté ses parents, ils sont absents, ils ont pris quelques jours chez sa grande sœur à Berlin. Sa lèvre bouge, se tord, comme la veille devant la porte de la chambre.

Elle remercie pour ce que nous lui avons dit. Ses yeux brillent.

— C'est nous qui vous remercions, répond Claude. Vous nous avez amené le médecin, et vous voyez Simon. Je ne nous imaginais pas partir ce matin.

Une fresque de faïence bleue dessine sur le mur derrière elle le cours du Danube et quelques monuments des villes jusqu'à Vienne. Je lui serre la main. Je serais plus jeune, je lui demanderais la marque de son rouge à lèvres.

— Tu as le droit d'être heureuse.

J'insiste :

— Tu as le devoir. C'est ce que nous nous sommes dit, Claude et moi, après mon retour du camp.

Claude sourit.

— On a fait ce qu'on a pu et ça ne nous a pas trop mal réussi.

Beate nous accompagne jusqu'à la porte à tambour. On coiffe bonnet et casquette. Beate croise les bras comme devant la porte de la chambre.

On entre dans le tourniquet. Claude a enfoncé son bonnet jusqu'au ras des sourcils. Quand elle se retourne, le pied sur le trottoir de l'autre côté, Beate n'est plus là.

Des papillons de flocons de neige volettent. Il n'y a plus de ciel. Le plafond gris cendreux touche la terre. La météo annonce de fortes chutes de neige.

— On se sauve ! dit Claude en montant dans le pick-up.

— Je pourrais conduire, je ne suis pas fatigué.

— Non. Tu l'as promis. Plus tard, peut-être. On verra.

Le pick-up démarre aussitôt avec sa batterie neuve. C'est vrai que Claude n'aime pas piloter le Chevy, au volant trop large, aux pédales dures. À Fougereuse, elle conduit toujours sa petite Renault.

Elle avance lentement le long mufle hors du parking.

— On ira moins vite qu'avec toi, mais on a le temps. Même si on met un jour de plus. Fougereuse te manque ?

— Pas à toi ?

46

On a téléphoné au neveu. Les chevaux vont bien, les poules aussi, il y aura des œufs. Loulou, le chien, s'ennuie, il aboie aux nuages et à la lune, la nuit.

On remonte la promenade du bord du fleuve quasi déserte à cette heure et par ce temps. Les essuie-glaces balaient la poussière de flocons. La route salée est en parfait état. Le jour est à peine levé et on dirait que la nuit va tomber. Elle allume les phares.

Je me demande comment nous sommes faits, je serais presque nostalgique comme ces Espagnols qui quittaient le camp dans le GMC avec moi. Il y en avait qui pleuraient.

— Ils ne regrettaient pas le camp, dit Claude. Ils pleuraient sur eux, leur misère et les horreurs qu'ils avaient endurées.

Un flux de passagers sort de la gare. Quelques-uns portent des skis sur leurs épaules.

— Moi, je ne savais pas ce qui m'attendait. J'étais persuadé que mes parents avaient été arrêtés et toi aussi peut-être. Je n'ai pas entendu quand mon nom a été appelé à l'hôtel Lutetia. On était avec les médecins, les infirmières, les soldats. Les gars m'ont crié : « Gendreau ! Gendreau ! C'est toi qu'on appelle ! » Je vous ai vus. Je ne savais pas si c'était vous, si c'était toi, si c'était un rêve. Je ne savais pas si je ressentais quelque chose. J'avais mal dans les bras, dans les jambes. Je vous regardais. On aurait dit que le mal me rentrait par les yeux et se répandait partout.

Le panneau indique la direction de Linz. C'est par là. Claude n'a pas voulu prendre l'autoroute pour commencer. Elle préfère attendre un peu.

La route monte à travers la forêt et tourne le dos à la vallée du fleuve. Je ferme les yeux, respire dans le pick-up l'odeur rassurante de vieille poussière de Fougereuse.

Elle murmure :

— Les saumons.

— Comment, les saumons ?

— À quoi pensent les saumons quand ils ont franchi tous les obstacles et qu'ils retrouvent l'endroit où ils sont nés ?

— Ils pensent qu'ils ont fait tout ça pour ça. Ils pensent qu'ils vont pondre leurs œufs.

Elle acquiesce, sourit, tend le bras et me tire de mon encoignure pour me rapprocher d'elle. Je me laisse glisser sur le siège, m'appuie contre son épaule.

— Ils pensent qu'après ils vont pouvoir mourir tranquilles.

Elle secoue la tête.

— Non, ils ne pensent pas à ça, puisqu'ils repartent.

Je lui touche le bras, le biceps. Elle est déjà moins tendue, les mains moins haut sur le volant. La circulation est fluide. Le ciel s'est éclairci devant nous. Les essuie-glaces ne balaient presque plus rien. Nous allons éviter la neige. Elle tombera derrière nous.

— Je suis prêt, dis-je, tu le sais.

La petite médaille de métal blanc de la Vierge miraculeuse fixée par une épingle de sûreté se balance sous le rétroviseur. Claude incline la tête vers moi.

Lorsque j'avais six ou sept ans, j'ai longtemps joué avec un cerceau que mon père m'avait fabriqué dans un scion de châtaignier fendu en deux dont il cerclait les barriques. Le cerceau était parfait, léger, le bois lié serré par un fil de fer souple. Juste à ma taille, il m'arrivait à la poitrine. Il me suivait partout. Je le guidais avec une badine de noisetier. Je l'ai conduit dans les montées et descentes de Fougereuse. On descendait ensemble à la Guirlande. Loulou nous accompagnait. Le cerceau bondissait, Loulou aboyait. Je parlais au cerceau quand on était ensemble. Je l'appelais ma bécane. Quelquefois le cerceau allait trop vite et je n'arrivais pas à le rattraper, il tombait. Quelquefois c'était moi qui tombais. À cet âge, j'ai eu les genoux écorchés sans cesse. J'en ai encore quelques cicatrices. Ma mère ou Aliénor me soignait. « Qu'est-ce que tu t'es fait encore, mon pauvre petit ? Regarde dans quel état tu t'es mis ! » Elles nouaient un mouchoir sur mon genou.

Je laissais le cerceau contre le mur près de la porte de la maison où je le retrouvais quand je sortais. Avec lui je faisais le tour du monde, je le croyais, je faisais le tour de Fougereuse. Le cerceau a disparu, un jour. Peut-être s'est-il cassé. Peut-être le châtaignier était-il mangé par les vers. Je l'ai oublié. J'avais grandi. Le cerceau était peut-être devenu trop petit.

Mais est-ce que toute ma vie n'a pas été comme ça ? Est-ce que je n'ai pas été toujours ce drôle qui s'élançait derrière son cerceau, qui s'exaltait, se ramassait, et repartait ? Est-ce que je ne suis pas comme ça, maintenant encore ? Quand j'ai été à peu près mieux, après mon retour de Mauthausen, le colonel, que les Allemands n'ont jamais pris, m'a proposé de venir travailler avec lui. Je pouvais prétendre à une situation dans la fonction publique à Nantes ou dans un ministère à Paris, j'aurais pu faire carrière dans la politique, le général de Gaulle récompensait ses bons serviteurs, il avait besoin de soldats courageux pour reconstruire. J'ai refusé. Je rentre chez moi ! Je ne l'ai jamais regretté. J'avais Claude. J'ai refusé l'enfermement dans le statut de victime à perpétuité que la société aurait aimé m'imposer. J'ai regagné la ferme familiale de Fougereuse et la Guirlande. J'étais à ma place. Chacun a sa place. Je voulais la vie ordinaire. Je voulais les bottes aux pieds, la casquette sur la tête. Je voulais les vaches, les chevaux, le suint des foins et de la terre qu'on ouvre.

Je voulais le nid. Claude était d'accord avec moi. Elle a continué d'enseigner. C'était rare à l'époque, et même presque anormal, l'homme à la ferme et la femme au-dehors. Les gens de Saint-Georges ont parlé. On l'a fait. Et on n'a pas mal fait.

Il m'arrive assez souvent encore dans mon sommeil de rêver que je cours derrière mon cerceau. C'est arrivé deux ou trois fois aussi dans le camp et, quand je me suis réveillé, j'ai été content. Ça n'a pas duré. Mais ç'a été quand même une meilleure journée.

J'ai rêvé au cerceau, cette nuit, dans la chambre de l'hôtel de Beate et je regarde maintenant, dans le pick-up, ce gamin qui court dans la campagne avec son cerceau et son chien, je le vois heureux, qu'est-ce qu'il pourrait craindre, les bons anges le protègent, s'il tombe, on lui nouera un mouchoir.

Claude presse un peu plus fort la pédale de l'accélérateur et double les deux voitures devant, qui n'avancent pas. Les grands panneaux bleus annoncent la bretelle de l'autoroute et München. Elle m'interroge des yeux.

Va-t-elle prendre celle-là ou attendre encore ? Elle garde le pied sur l'accélérateur. Elle a éteint les phares et conservé seulement les feux de position parce qu'il fait moins sombre désormais. Elle dit :

— Les saumons de l'Atlantique sont plus courageux que ça. Tu ne le savais pas ? Ils sont capables de résister à plusieurs frais. Des chercheurs ont bagué des saumons avec des puces électroniques. Un saumon a fait quatre fois le voyage à partir des eaux douces de l'Allier où il était né. Il a descendu la Loire et remonté jusqu'aux eaux froides de Norvège. Après douze à trente-six mois là-haut, il est revenu quatre fois pondre ses œufs dans son nid de l'Allier. Pendant toute la remontée des cours d'eau, il ne se nourrit pas. Il arrive presque à l'agonie, amaigri, épuisé. Il a échappé aux prédateurs, aux ours, aux requins, aux cormorans, aux hommes. Tu crois qu'il a fait tout ce chemin en pensant à la mort ? Il était peut-être plus innocent que les autres, plus inconscient, plus fort.

— Il a eu plus de chance.

— Il n'a jamais eu peur.

Claude conduit d'une main et glisse l'autre derrière mon cou. J'en respire le parfum, la presse contre ma joue. Je me sens vieux et très jeune tout à coup. Le panneau bleu annonce la bretelle à mille mètres.

— Ce n'est pas facile, me dit Claude, mais j'aime ce que tu as dit à Beate tout à l'heure : « Tu as le devoir d'être heureuse. »

Elle ôte son bonnet, elle a sa crinière en bataille, elle est forte, elle est plus forte que moi, avec elle je peux être tranquille. Elle me sourit et met le clignotant.

— On y va !

Elle s'engage sur la bretelle de l'autoroute.

Je n'aurais pas écrit ce roman si je n'avais pas rencontré Pierre Mauger. À lui ma chaleureuse reconnaissance.

DU MÊME AUTEUR (*suite*)

La Mère
La Route de glace
Aide-toi et le ciel…
Délivre-moi
La mer était si calme
Même les pierres ont résisté, prix Charette
Les Deux Écoles
L'Instant de grâce, prix Montesquieu

AUX ÉDITIONS LE CERCLE D'OR

Un Tristan pour Iseut
Lise

AUX ÉDITIONS FLAMMARION

La Chasse aux loups
Le Grand Cortège

AU CERCLE VENDÉEN DE RECHERCHE HISTORIQUE

Le Chemin de croix du bon larron

Composition et mise en pages
Nord Compo à Villeneuve-d'Ascq

CET OUVRAGE
A ÉTÉ ACHEVÉ D'IMPRIMER
SUR ROTO-PAGE
PAR L'IMPRIMERIE FLOCH
À MAYENNE EN SEPTEMBRE 2023

#lisez ! engagé
www.lisez.com
Pour plus d'information :
Imprimé sur du papier issu de forêts gérées durablement.

N° d'impression : 103130
Imprimé en France